# FILHOS DA PÁTRIA

JOÃO MELO

# FILHOS DA PÁTRIA

EDITORA RECORD
RIO DE JANEIRO • SÃO PAULO

2008

CIP-BRASIL. CATALOGAÇÃO-NA-FONTE
SINDICATO NACIONAL DOS EDITORES DE LIVROS, RJ

M485f

    Melo, João, 1955-

        Filhos da pátria / João Melo. - Rio de Janeiro : Record, 2008.

    ISBN 978-85-01-08519-1

        1. Conto angolano. I. Título.

08-4013.                                           CDD: 869.3
                                                  CDU: 821.134.3-3

A editora optou por manter a ortografia do português de Angola

Copyright © João Melo, 2001

Capa: Rodrigo Rodrigues

Editoração Eletrônica: Abreu's System

Direitos exclusivos desta edição reservados pela
Editora Record Ltda.
Rua Argentina 171, Rio de Janeiro, RJ - 20921-380 - Tel.: 2585-2000

Impresso no Brasil

ISBN 978-85-01-08519-1

PEDIDOS PELO REEMBOLSO POSTAL
Caixa Postal 23.052 - Rio de Janeiro, RJ - 20922-970

*Esta é a pátria que me pariu*

De um *rap* de
Gabriel, O Pensador

*A identidade é cor de burro fugindo*
Arlindo Barbeitos

*Saberíamos muito mais das complexidades da vida se nos*
*aplicássemos a estudar com afinco as suas contradições em vez*
*de perdermos tanto tempo com as identidades e as coerências*
José Saramago

*À Stella*

*Aos meus filhos,*
*Helena, Solange e Mário*

*À minha mãe e irmãos*

*À memória do meu pai,*
*Aníbal de Melo*

# Sumário

O elevador............................................................... 9

Tio, mi dá só cem.................................................. 27

Natasha................................................................. 37

O efeito estufa....................................................... 59

O homem que nasceu para sofrer ...................... 73

Ngola Kiluanje..................................................... 97

Shakespeare ataca de novo ............................... 117

O cortejo............................................................ 133

O feto ................................................................ 147

Abel e Caim ...................................................... 157

Glossário ........................................................... 169

# O elevador

## 1º

Até onde é capaz de ir a capacidade de humilhação do ser humano? É tão grande como a sua capacidade de adaptação? E, afinal, a adaptação — o que é exactamente? Sim, o que é ser ou estar adaptado? O problema é que essa palavra, aparentemente simples e de fácil entendimento por todos os mortais, está normalmente associada a outras com as quais ele embirra de maneira solene e radical, como, apenas para dar dois exemplos, acomodação ou ajustamento. Estar adaptado, portanto, seja a uma pessoa, a uma instituição ou a uma situação, quer dizer, a um *status quo* (expressão que infelizmente tem caído em desuso, talvez porque, nos tempos que correm, o *status quo* é só um, ou seja, perdeu o *quo*, transformando-se em estado unânime e universal, também chamado global, de tal maneira que hoje praticamente mais ninguém luta contra o *status quo*, a não ser que tenha suficiente força anímica para suportar os rótulos pouco abonatórios com que passará imediatamente a ser designado), é não fazer ondas? É ser dócil, mesmo quando se é espezinhado? Em suma, a adaptação implica concordar em se ser domesticado, como um simples cão cabíri? Pedro Sanga olha para a jovem que está com ele no elevador, a pele de um preto esbranquiçado (tonalidade que apenas será uma contradição em termos, como se costuma dizer, para quem não conhece este fantástico país chamado Angola, a terra do futuro...), uma cabeleira loira visivelmente artificial, a blusa vermelha semitransparente deixando apreciar quase totalmente os seios (se é que aqueles seios tipo ovo estrelado são dignos de qualquer apreciação!...), *colants* de leopardo justinhos às coxas e uns sapatos altíssimos, azuis e doirados, que mal a mantêm equilibrada (*Será que esta gaja vai ter com o "Camarada Excelência"?*), e tem vontade de começar a rosnar, tão mortificado estava.

## 2º

Domesticado é o que ele nunca fora, em toda a sua vida. Nem domesticado, nem acomodado, nem ajustado, nem modelado, que é outra palavra que agora lhe vem à mente, a propósito da palavra adaptação, mas que, em princípio, não voltará a ser utilizada. *Um homem é um homem, um bicho é um bicho!*, repetia ele, quando a mulher o aconselhava a tentar adaptar-se aos novos tempos, a ser mais flexível, enfim, a acomodar-se, como toda a gente que tem filhos para criar, como eles. *A adaptação é luta e não acomodação!*, acrescentava. Para ele, os homens, quando põem pela primeira vez o pé na vida (melhor dito, a cabeça, que é a posição natural mais adequada para os nascimentos, lembrança que não deixa de permitir uma interpretação interessante, que deixo à sagacidade dos leitores...), assumem, queiram eles ou não (aliás, e como todos sabemos, ninguém é consultado na altura sobre ìsso), não apenas responsabilidades naturais, mas também sociais e históricas, pelo que os verdadeiros adaptados são aqueles que são capazes de enfrentar este mundo reconhecidamente ingrato e cruel, denunciando e lutando contra as suas imperfeições e, sobretudo, contra todos aqueles que eventualmente (ou não tão eventualmente assim, mas isso é outra maka, a qual, posso tranquilizá-los, não será objecto do presente relato) sejam por elas (as imperfeições do planeta que Yuri Gagarin disse ser azul) responsáveis. O que faz o mundo andar para a frente (continuamos, por enquanto, a acompanhar as teorizações de Pedro Sanga, não no elevador onde ele está, acompanhado, por mero acaso, de uma figura estranhíssima — que, já agora, podemos considerar um exemplar autóctone da estética neobarroca que, segundo alguns, caracteriza a pós-modernidade —, mas em casa, diante da mulher dele, a qual, posso garantir-lhes, é uma pessoa bastante mais simples) são as fricções e contradições e, nesse sentido, ninguém se deve furtar a assumir o papel que lhe cabe nessa luta de contrários, para usar outra expressão em desuso. *O meu papel é este!*, chegava ele, então, a entusiasmar-se consigo próprio, embora sem maiores detalhes sobre o seu autoproclamado papel, pecadilho que espero os leitores relevem, pois os tempos em Angola (e no mundo) estão realmente muito difíceis e confusos. Era o que, aliás, fazia a mulher dele: quando a discussão chegasse a esse ponto, retirava-se discretamente, deixando-o a falar sozinho. Quanto à mulher do elevador, limitou-se a exclamar, quando ele lhe perguntou, *Não concorda comigo?*, que:

— Xé, eu não sou puta, então!...

# 3º

Ele e Soares Manuel João, mais conhecido, durante a luta de libertação nacional, como Funje com Pão, por razões que dentro em pouco saberemos, tinham combatido contra o *status quo* colonial. Estiveram juntos em todas as frentes, que só não menciono, aqui, por estar consciente (e de certo modo acomodado a isso) de que, por um lado, os mais velhos têm uma visão cada vez mais romantizada e rarefeita da história (para não dizer interessada ou até mesmo, utilizando uma palavra ainda mais dura, interesseira, pelo menos em alguns casos) e de que, por outro lado, a juventude não dá a menor importância à mesma, o que é profundamente lamentável, pois quem não conhece (e não assume) o seu passado torna-se presa fácil dos prestidigitadores do presente. Mas o que será amanhã deste país, se os autoproclamados herdeiros de fortunas anteriormente inexistentes e todos os acumuladores primitivos de capital, os neofundamentalistas, os pseudo-intelectuais e os medíocres de toda a sorte continuarem a ocupar todos os espaços assim? Estes contundentes pensamentos tiveram o condão de mortificar ainda mais Pedro Sanga, que teve vontade de fazer parar o elevador e voltar para baixo. Como, porém — veja-se os exemplos históricos disponíveis, como a escravatura, os campos de concentração nazis ou o genocídio tribal no Ruanda —, a capacidade de humilhação dos seres humanos parece ser infinita, não o fez, deixando o aparelho prosseguir a sua viagem até ao último andar do prédio em cujo terraço Soares Manuel João tinha o escritório da sua empresa, *"com vista para a Marginal, meu! Um espectáculo! Quando aceitares a minha proposta, vai lá ter comigo!"*. Para que os leitores que conhecem Luanda não desconfiem do presente relato — e sendo sabido que os elevadores foram um dos artefactos que, para recorrer a uma expressão popular, "o colono levou" após a independência do país —, informe-se que, nos últimos tempos, começaram a ser edificados alguns prédios completamente novos na cidade, os quais, naturalmente, estão apetrechados com esses equipamentos e não só. *Por enquanto, isto funciona!*, pensou Pedro Sanga, evitando assim que o narrador seja tentado a fazer novos comentários, talvez despropositados, talvez não, a respeito dessa expressão, podendo, com isso, ser facilmente acusado de antipatriota.

4º

*Será que o "Camarada Excelência" ainda continua a comer funje com pão?*, interrogou-se Pedro Sanga quando o elevador começou a passar pelo 4.º andar. Em vez dessa forma verbal reflexiva, eu poderia afirmar que ele, como sói dizer-se, havia feito essa pergunta aos seus botões, se acaso nesse dia ele não tivesse vestido um bubu sem botões, idêntico às roupas que ele e Soares Manuel João, assim como muito boa outra gente, claro, usavam em Lusaka, quando tinham algum período de descanso e deixavam as áreas de guerrilha, indo, portanto, para a capital zambiana. Não deixou o bubu, entretanto, de ter outra utilidade, em termos, digamos assim, de concatenação de ideias, pois foi ao ter reparado nele e, sobretudo, depois de se ter lembrado dos outros bubus que toda a gente, afinal, usava durante o épico período da guerrilha, que Pedro Sanga se recordou, não conseguindo, compreensivelmente, evitar um sorriso, do motivo por que o Soares passou a ser conhecido como Funje com Pão. Acontece, muito simplesmente, que ele não comia funje se não tivesse pão para acompanhar o referido prato! A exclamação justifica-se plenamente, aqui, uma vez que comer funje com pão é uma espécie de heresia que os angolanos apenas perdoam porque, apesar da sua fama de makeiros, não deixam de ser cordatos e gentis. Pedro Sanga, de repente, torna-se menos crispado, não se sabe bem porquê, mas imagina-se: é que as lembranças, quando são amenas, têm esse poder relaxante (suavizador, tranquilizador, como quiserdes...), que torna, naturalmente, as nossas visões menos dramáticas e apocalípticas... Porém, quando lhe vem à mente a outra expressão pela qual, ultimamente, Soares Manuel João passou também a ser conhecido (*"Camarada Excelência"*), volta a ficar outra vez tenso. A figura neobarroca não sabe se lhe deve fazer olhinhos oblíquos ou se se encolhe cada vez mais num dos cantos do elevador.

5º

Pelos vistos, ambos tinham combatido contra o *status quo* colonial, mas o novo *status quo* que queriam edificar no país não coincidia. Inclusivamente, naquele tempo, ou seja, no tempo em que os dois combatiam de armas na mão contra o colonialismo português (e não, claro está, no tempo em que decorre a presente narrativa e Pedro Sanga pode ser observado dentro de um elevador, num dos raros novos prédios edificados em Luanda após a independência do país, com uma cara visivelmente carregada), o Soares era muito mais radical do que ele. Misturando, de forma desconexa, mas convicta, uma retórica marxista absolutamente vulgar, mal colada a cuspe, com violentos sentimentos raciais e tribais, fruto de contraditórios complexos que lhe ardiam na memória, mas que o narrador não vai esmiuçar, dizia que os catetes é que teriam de mandar na Angola do futuro, pois eram os únicos que já tinham estudado, como o demonstrava, aliás, o exemplo de Agostinho Neto, poeta, médico e revolucionário, que iria conduzi-los até à vitória final. Nessa "Angola do futuro" que o Soares projectava, seria criado *"um homem novo"*, que teria a missão de edificar o socialismo científico, o regime mais avançado da história da humanidade, onde todos os homens são iguais, nem burgueses, nem proletários, nem brancos, nem mulatos *"e muito menos bailundos"*. Pedro Sanga jamais chegou a esclarecer se o Soares — que sabia perfeitamente que ele era natural do Bié — lhe dizia isso propositadamente, para espezinhá-lo, ou se se tratava de uma daquelas contradições do ser humano — mais habituais do que alguns imaginam —, que (o artigo que usarei a seguir refere-se, como é óbvio, ao ser humano em geral e não apenas ao Soares) o costumam atrair precisamente para aquilo que, no mais secreto e por vezes mais vil recanto da sua alma, odeiam profundamente. Ódio? Talvez não... Como estou a tentar dizer, o homem é um bicho altamente paradoxal. Será ódio, portanto, a palavra mais apropriada? Por outro lado: será de facto inevitável que todo aquele que ontem era odiado passe hoje a odiar quem o odiava anteriormente? Bem, tudo isto é um pouco confuso. A verdade é que ele e o Funje com Pão eram amigos. De tal maneira que, depois da independência, quando, inevitavelmente (afinal, ele pertencia ao clã dos catetes), o nomearam ministro, Soares Manuel João chamou-o para seu director de gabinete, em detrimento de uma prima luandense, o que, a princípio, lhe pareceu um acto de coragem e, simultaneamente, de consideração para com a amizade que há tanto tempo os ligava. De repente, e talvez porque o ridículo espreita sempre por detrás de qualquer experiência humana, mesmo da mais grandiloquente, Pedro Sanga é assaltado por uma lembrança que o faz recuar até muitos anos atrás, quando o Soares recebeu uma delegação inglesa no seu gabinete, exactamente às treze horas, e deu uma de britânico, propondo que tivessem, enquanto negociavam, *"um almoço executivo"*, ali mesmo no gabinete dele, para não perderem tempo; os carcamanos ainda não tinham tido tempo de responder, estupefactos com a inovação, para eles, por certo, absolutamente improvável em plenos trópicos, quando o Soares abriu resolutamente uma das gavetas da secretária e tirou de lá um pratalhão de funje, uma mistura de vários peixes e ervas nadando num abundante e espesso molho amarelo, com uma pasta meio gelatinosa e escura e dois pedaços de pão que pareciam ali um tanto deslocados (esta a visão rápida dos súbditos de Sua Majestade). Ainda hoje, Pedro Sanga não pode deixar de rir quando evoca este episódio. Tem mesmo vontade, agora, de contá-lo àquela mulher que vai com ele no elevador, mas contém-se, na hipótese (*A gaja continua aqui; será que vai também até ao último?*) de ela ser *"mais uma quitata do Soares"*.

6º

Como é que este gajo ficou assim? O tipo sempre foi o mais radical do nosso grupo, defendia que na Angola do futuro as classes deveriam ser abolidas e a exploração do homem pelo homem, extinta para todo o sempre — como é que se transformou assim num novo-rico nojento? Se Pedro Sanga fosse adepto das teorias relativistas, hoje tão em voga (um tanto perigosamente, diga-se de passagem...), deixaria certamente de ser tentado a dramatizar tanto a metamorfose do Funje com Pão. Com efeito, não é a primeira vez que isso acontece na história da humanidade, nem será a última. Se observarmos bem, todos os dias nos deparamos com uma quantidade considerável de radicais que, na prática, renega as suas próprias teses ou então — o que constitui o outro lado da moeda — passa a defender com o mesmo radicalismo teses diametralmente opostas. Seja como for, Pedro Sanga não podia deixar de espantar-se com alguns factos. O primeiro é que o Soares, mal chegou a Luanda, deixou a mulher e passou a viver com uma mulata (*"As mulatas são o animal doméstico mais perigoso do mundo! Nunca leves nenhuma para casa!..."*, dizia ele antigamente. Será que já o esqueceu?). O segundo é que, enquanto foi ministro, conseguiu duas casas em Luanda e uma quinta em Viana, além de ter montado uma autêntica frota de carros de vários tipos, cores e tamanhos (turismos utilitários e de luxo, jipes, carrinhas, etc.) sem ter gasto um tostão, mas apenas abatendo à carga os veículos do próprio Ministério. O terceiro é que, segundo os mujimbos, adquiriu igualmente um apartamento em Lisboa, mais concretamente, em Massamá, na freguesia de Queluz. Entretanto, e se o narrador não quiser ser acusado de naífe, tem de explicar que os factos que tanto perturbam Pedro Sanga, ainda hoje, dentro do elevador onde ele se encontra, constituem tão-somente uma espécie de arqueologia do que estava para suceder a partir dos anos 90, na nossa terra bem amada, quando o socialismo esquemático foi implacavelmente substituído pelo capitalismo mafioso (expressões que vão escritas sem aspas para não lhes retirar a credibilidade, uma vez que, acreditem ou não, correspondem a dois exemplos efectivos e concretos da famosa criatividade dos angolanos), ou, para utilizar a expressão do velho guerrilheiro Braço do Povo — que acaba de entrar no relato trazido pela memória torturada de Pedro Sanga —, tudo isso não passa de uma *"brincadeira de crianças"*, perante os factos que aconteceram nos últimos dez anos. *"O Funje com Pão está podre de rico!"*, disse Braço do Povo a Pedro Sanga, há dias, quando se encontraram, depois de muito tempo sem se verem, no funeral de um antigo camarada. *"Então tu continuas lá no Ministério e não sabes que ele ficou com as principais empresas do sector, depois das privatizações?! Estás a dormir ou quê?!... Aliás, não és só tu, nem eu... O problema é que, enquanto a malta estava, digamos assim, distraída com a Revolução, sempre houve alguns, mais vivos do que todos nós, que já se estavam a organizar!..."*

7º

Pedro Sanga, mesmo a contragosto, tem de apreciar a capacidade de adaptação do Soares. *Como diria a minha mulher, o gajo é que sempre soube adaptar-se às situações!* Realmente, lutou contra o *status quo* colonial quando, pensando bem, quase toda a sua geração o fez. Com o advento da independência, não hesitou em ser ministro, apesar de saber perfeitamente (o amigo queria acreditar nisso) que não possuía nenhuma formação específica para o lugar que lhe foi oferecido. Espantosamente (Pedro Sanga ia a dizer admiravelmente, mas recuou a tempo), aguentou-se como ministro durante mais de quinze anos, pois, apesar de não tugir, também não mugia. Quando chegaram os anos 90 e o sonho (se os leitores forem menos ingénuos do que a personagem que está a proceder mentalmente a este resumo do percurso individual de Soares Manuel João, também conhecido como Funje com Pão e como "Camarada Excelência", podem, naturalmente, substituir a palavra "sonho" por "aventura") socialista foi enterrado, sem pompas, mas devido a uma circunstância que jamais poderia, obviamente, deixar de ser ponderada pelas elites (como ensina o conhecido adágio, era preciso ceder os anéis para preservar os dedos, isto é, o poder), teve o discernimento necessário para, mais uma vez, captar os chamados sinais do tempo, pediu para sair do governo e comprou (*certamente por uma bagatela...*) as principais empresas que ele próprio, como ministro, tutelava anteriormente, tornando-se assim, formalmente, um dos primeiros capitalistas autóctones angolanos. *O Braço do Povo tem razão: de facto, eu estava muito distraído! Como é que não percebi que o Funje com Pão, afinal, já se estava a organizar há muito tempo?!* (Ele usava o verbo "organizar", no sentido que lhe está subjacente aqui, com evidente relutância.) De todo o modo, ainda lhe custava acreditar que o Soares se tinha realmente acaparado com as principais empresas do Ministério, pois toda a papelada relativa às privatizações tinha passado pelas mãos dele, Pedro Sanga, que, meticuloso e cumpridor como era (ou *"burro!"*, no entender agastado da sua própria mulher), não tinha notado nada de anormal. *Será que esta puta também acha que sou burro?*, questionou-se, não deixando de observar a mulher que ia com ele no elevador, mas, aqui entre nós, estou sinceramente desconfiado de que o mundano adjectivo que ele utilizou estava endereçado à primeira, ou seja, àquela mulher com quem ele estava casado há quase trinta anos, hipótese que só quem nunca foi casado pode pensar que é improvável. O narrador deixa aqui esta referência como mera provocação, a qual, porém, não poderá ser desenvolvida, pois a viagem de Pedro Sanga está prestes a chegar ao fim.

8º

A vida é cheia de coincidências. Isto é um lugar-comum mais do que notório, mas é nisso, precisamente, que Pedro Sanga pensa agora, ao lembrar-se da visita que lhe fez o Soares, apenas dois dias atrás. Na verdade, e apesar de toda a amizade que os unia, tinham deixado de se ver há muito tempo. Cerca de um ano depois de Soares Manuel João ter deixado o cargo de ministro, Pedro Sanga recebeu uma proposta para ser adido financeiro da Embaixada de Angola num país africano, onde esteve aproximadamente três anos. Regressou de lá um tanto desiludido, por causa de umas *situações esquisitas* que, entretanto, nunca revelou a ninguém, e com menos poupanças do que ele e a mulher tinham imaginado, pois a vida no exterior não é tão fácil como muita gente pinta. Quando chegou, resolveu voltar para o seu antigo emprego, para o qual havia sido nomeado um novo ministro, jovem, simpático e com fama de competente, que o colocou como secretário-geral do Ministério (*"Sei que conhece a casa como a palma da sua mão!..."*, dissera a Pedro Sanga o novo titular da pasta — expressão especialmente apreciada pelos jornalistas nacionais —, para justificar a sua colocação nessa função). Do Funje com Pão ia tendo algumas notícias esparsas (*"O gajo está bem!"*, *"Safou-se, o sacana!"*, *"Parece que está metido com os libaneses..."* e outras similares), viu-o duas ou três vezes na rua, mas nunca mais tinham estado juntos a conversar, como antes. Talvez (esta hipótese é da minha lavra, mas podia ter sido perfeitamente inventada pela personagem, por quem o narrador, se lhe for permitido confessá-lo, nutre, como já terão os leitores percebido, uma igualmente notória simpatia) o novo estilo de vida do ex-ministro tivesse criado uma espécie de bloqueio na cabeça de Pedro Sanga, impedindo-o de procurar pelo velho amigo, agora convertido, segundo os mujimbos, às maravilhas do capitalismo. Desenvolvendo um pouco mais a hipótese, arrisco-me mesmo a dizer que Pedro Sanga preferia que o Funje com Pão o procurasse e não o contrário. *É verdade que eu mudei de casa, mas, porra!, porquê que o tipo nunca me ligou para o Ministério ou nunca foi lá à minha procura?* O Soares explicou-lhe, dois dias atrás, quando descobriu a casa dele: — *"Epá, sabes como é... Eu já fui ministro daquela mututa, o que é que as pessoas — a começar pelo miúdo que o presidente lá colocou!... — vão pensar se, de repente, eu começar a aparecer à toa ou a telefonar a toda a hora?... Eu não quero makas com ninguém, agora estou porreiro, estou a cuidar os meus negócios, não quero chatices desnecessárias... Mas, realmente, há muito tempo que estava a precisar de falar contigo! A maka é que ninguém me sabia dizer onde é que estavas a morar agora... Há dias é que encontrei o Braço do Povo, que me disse que esteve contigo no funeral do Dimitrov; ele é que me deu o teu endereço..."* Como não é difícil imaginar, para quem é angolano ou, como se costuma dizer, "já bebeu água do Bengo", o reencontro de Pedro Sanga e Soares

Manuel João durou horas e horas, meteu várias garrafas de uísque (Funje com Pão fez uma concessão ao amigo e concordou em beber uísque novo), muita cerveja, petiscos, estórias, anedotas, mujimbos, intrigas e, para usar outra expressão também muito corrente, pelo menos em certos círculos, "tudo o mais quanto é". O narrador, porém, deve apressar-se, pois o que interessa, aqui, é revelar o motivo central da visita de Soares Manuel João ao seu velho amigo Pedro Sanga, o qual (motivo), aliás, é precisamente o mesmo que explica a presença deste último, acompanhado — embora, já o disse, por mero acaso — de uma mulher bizarra, no elevador que, neste exacto momento, começa a parar no último andar do prédio onde está localizada a empresa do ex-ministro. *"Ouve, Sanga!...",* dissera Funje com Pão, *"Antes de ficarmos completamente chupados, tenho de te falar num assunto sério. Na verdade, preciso de um favor muito importante da tua parte! Mas, fica tranquilo: negócios são negócios! Portanto, não deixarás de ganhar algum..."* (Quando ele disse isso, Pedro Sanga ajeitou-se melhor na cadeira, visivelmente incomodado.) *"Como sabes, a minha empresa participou numa consulta para o fornecimento de equipamentos para o vosso Ministério. Segundo fui informado, o ministro não vai muito com a minha cara, mas tu tens de fazer tudo para que a malta fique com esse contrato! Como secretário-geral do Ministério, a tua opinião é fundamental; portanto, peço-te que uses de toda a tua influência para ganharmos isso... Se quiseres, posso dar-te alguns argumentos técnicos, que poderão ser úteis para tu fazeres o teu parecer... Quanto à tua parte, não te preocupes: dez por cento são teus! São as regras do mercado..."* Quando o elevador, finalmente, pára, a mulher que tinha acompanhado Pedro Sanga durante a viagem de oito andares e a quem ele, naturalmente, cede a passagem lança-lhe um olhar enigmático. Mentalmente, ele repete a questão inicial: — *Até onde é capaz de ir a capacidade de humilhação do ser humano?*

## No terraço

Pedro Sanga voltara a colocar essa questão a si próprio, pois, assim que o elevador parou, recordou-se, com insuportável nitidez, das palavras que a mulher lhe tinha dito, quando o Funje com Pão deixou a casa deles. Se essas palavras, como já se verá, não serão aqui reproduzidas, isso não se ficará a dever a qualquer preconceito do narrador, moral, ideológico ou — valha-me Deus! — de género, mas apenas ao facto de ser igualmente muito fácil, segundo penso, imaginar que palavras foram essas. Com efeito, a mulher de Pedro Sanga interveio apenas duas ou três vezes no presente relato, de forma breve e epigramática, mas as suas sentenças (mesmo quando simplesmente evocadas pelo marido) foram sempre muito claras e sintomáticas (ia a escrever "denunciadoras", mas retiro-o, para não me contradizer). Seja como for, e se acaso o leitor ainda não imaginou que palavras foram essas — e que, digo-o agora, Pedro Sanga associou desde o princípio da narrativa a esse termo simultaneamente forte e deprimente que é "humilhação" —, o desenlace da presente estória falará por si. Acontece que, enquanto andava eu entretido, talvez abusivamente, com este jogo de palavras, Pedro Sanga, depois de ter dito à secretária que queria falar com o senhor Soares Manuel João (felizmente, lembrou-se a tempo do aviso do Braço do Povo: — *"Não lhe chames mais Funje com Pão, que ele não gosta! A secretária dele chama-lhe* Camarada Excelência...*")*, já estava sentado diante do amigo, que exclamava: — *Trinta por cento? Caralho!, Sanga, ainda há dias me dizias que não eras desses e agora queres trinta por cento!?... Aprendeste rápido, hein!? Vá lá, vinte por cento e fechamos o negócio...*, ao que ele respondeu com um *"Feito!"* que lhe saiu da garganta como um murmúrio envergonhado, enquanto esfregava as mãos que, de repente, tinham ficado húmidas de suor. As cenas seguintes foram, pelo menos para Pedro Sanga, dignas de um pesadelo. A secretária entrou na sala e disse: — *Camarada Excelência, a dona Josefine pergunta se continua à espera ou se o chefe depois passa em casa dela...?*, o que pareceu ter sugerido a Soares Manuel João alguma coisa, que passou imediatamente a pôr em prática. Levantando-se, foi ele próprio buscar à sala da secretária a mulher de peruca loira, blusa vermelha e *colants* de leopardo que tinha subido com Pedro Sanga no elevador. *Josefine, mon amour, viens ici!*, disse ele, entusiasmado, na língua de Verlaine. *Quero apresentar-te um grande amigo, andou comigo no* maquis, *o Pedro Sanga. Acabámos agora mesmo de fechar um grande negócio!... Venham!, venham! Vamos até ao terraço!* Abriu uma das portas de correr e levou-os até ao terraço, não sem antes pedir à secretária que lhes levasse uma garrafa de champanhe e três taças, o que, embora previsível, tinha de ser acrescentado. Do terraço, avistava-se inteiramente, como já Funje com Pão tinha dito a Pedro Sanga, a Avenida Marginal, em toda a sua majestade, e, à frente, a Ilha de Luanda. Do lado esquerdo, podia divisar-se a Cidade Alta e a Maianga e, continuando a dar a volta, os primeiros edifícios da Sagrada Família e da Avenida dos Combatentes, até a vista alcançar, por fim, o morro do Miramar caindo perigosamente sobre o porto. Pedro Sanga teve a estranha sensação de que já tinha estado naquele lugar ou, então, que já tinha passado por uma experiência semelhante. Mas de repente, e antes que pudesse esclarecer essa dúvida, sentiu asco. Apenas teve tempo de correr e agarrar-se a um dos parapeitos do terraço, começando a vomitar sem parar, cada vez mais agoniado. Enquanto o seu vómito se espalhava, ajudado pela brisa, pelas ruas adjacentes (*Sem ninguém reparar*, intromete-se mais uma vez o narrador, apenas para suscitar uma eventual reflexão final), Pedro Sanga mal escutou o Camarada Excelência perguntar-lhe, jocosamente: — *Epá, não me digas que as alturas te fazem enjoar?!*

# Tio, mi dá só cem

Tio, mi dá só cem, só cem mesmo pra comprar um pão, tô então com fome, inda não comi nada desde antesdontem, os outros miúdos mi caçambularam com ele o ferro que um muata me deu, eu lhe vi quando ele chegou com a garina, parecia então filha dele, ou neta, sei lá, meteu o carro lá bem no fundão perto das pedras, eu dei um tempo, contei nas mãos, eu então sei contar tio, também andei na escola, cheguei até na quarta, a, bê, cê, dê, um, dois, três, quatro, num é assim tio, é assim sim senhor, não ri, foi o meu professor é quem disse, lá no mato adonde eu estava antes de vir aqui em Luanda como deslocado, uns dizem é deslocado, outros porque é refugiado, essas palavras nós no mato na nossa escola mesmo nunca que lhes vimos, nem ouvimos, contudo, porém, lá no mato a gente não conhecia essas palavras mas também não estava a comer, só aqui mesmo é que andamos a comer, ai, estás a rir tio, num ri então, tu não sabes que tem comida de refugiado, de deslocado, de roto e esfarrapado, de desgraçado, lhe procuramos todas as noites nos contentores, lutamos, nos aleijamos, encontramos mesmo boas coisas, ossos de galinha assim com umas tiras recicláveis, sim, tio, recicláveis, esta palavra aprendi com uns moços que costumam aparecer por aqui, chegam de motoretas, dizem, nós somos da Juventude Verde, eu acho esquisito pois no meio deles só vejo pretos, mulatos, tem até uns branquinhos, dizem temos aqui umas mudas de árvores pra vocês plantarem, nós lhes olhamos então de uma maneira que eles não entendem, são burros, muxoxamos entre nós árvores, árvores, queremos masé pancar, estamos embora com fome, com bué de fome, a nossa fome é tão grande que somos de capazes de matar estes moços verdes, todos eles bem nutridos, bonitinhos, bem cheirosos, o melhor mesmo é voltar a vasculhar os nossos contentores, às vezes mesmo encontramos coisas boas, carne de vaca moída que até não é preciso lhe mastigar mais, é só engolir e pronto, pedaços de pão todos esburacados parece levaram tiros, latas de cerveja, latas de gasosa, latas de sardinha, latas de atum, latas de feijão, latas de frutas, latas de doce, tantas latas, tantas, que eu acho que o mundo é uma granda lataria, o problema é só os ratos, os cães, os gatos, os sacanas são mesmo atrevidos, temos de lhes dar berrida, outro dia o Filipe disse esses filhos da puta estão-nos a fazer concorrência desleal, eu ri só, muito embora que não sei o que é desleal mas ri só, porque nesse dia também não tinha comido, pensei, porra, um dia inda apanho uma dessas ratazanas que parece que comem gatos e faço um bruto churrasco, como só um bocado o resto vendo como pinchos, se eu tivesse feito isso hoje não precisava de lhe pedir tio, mi dá só cem, só mesmo cem, tio, vergonha é roubar não é pedir, não como nada desde antesdontem, nem mesmo um pão todo furado misturado com líquidos, bichos, cheiros, merda, não, porra, não mi goza só, os meus amigos me roubaram o dinheiro que o muata mi deu, eu contei nos dedos das minhas mãos, calculei o madiê essa hora já deve ter o caralho fora das calças, já deve estar a pedir na miúda pra lhe chupar, se calhar ela nunca que tinha visto uma cassete pornô, mas também o que é que eu tenho a ver com isso, nada, tio, nada, eu mesmo já estou completamente fodido da minha vida, como naquele dia, juro mesmo, estava com uma fome filha da puta, deixei o muata manobrar o carro com as luzes apagadas, encostar mesmo nas pedras, desligar o motor, dei um tempo, contei nas minhas mãos até dez, então aproximei-me do carro quase sem respirar nem pisar o chão, eu não andei só na escola, tio, também sei caminhar em cima das águas como Cristo, o padre é que falou, cheguei assim no vidro, bati uma vez, o tipo não abriu, bati duas vezes, mesma coisa, pensei esse cabrão não me conhece, só porque é muata acha que eu sou burro ou quê, comecei a bater sem parar nos vidros, nas portas, no capô do carro, o gajo saiu todo esbaforido, nem reparou que a pila ainda estava de fora, inda por cima, tio, ah, ah, ah, o pau dele era tão piquinininho como o meu, ah, ah, ah, coitada da miúda, pensei eu, se tem de começar a foder porquê que é não é com uma piça de jeito, antes que o muata abrisse a boca apontei-lhe a minha pistola, falei assim a minha voz quase não se ouvia, tio, mi dá só cem, a mão estava firme na kilunza mas a voz era um pequeno fio, os olhos parados, mortiços, como se fora um bicho, eu sou um bicho, tio, um bicho desgraçado, mas assim de kilunza na mão parecia masé um comandante, berrei então no muata, o kinjango dele continuava fora das calças completamente murcho, todo ele mole, indigno de qualquer menção, põe

essa merda pra dentro, porra, põe se não capo-te aqui
mesmo esta hora, xé, meu, a tua mulher sabe que você
estás aqui com a tua neta, essa miúda tem idade pra ser
tua neta, caralho, a tua mulher sabe, anh, sabe, anh, vá,
pra dentro, pra dentro, juro mesmo, tio, o muata parecia
um cagão, recuou devagarinho, calma, canuco, calma,
cuidado com essa arma, vamos conversar, quanto é que
tu queres mesmo, cem, só cem, toma, podes contar, está
aqui um milhão, baixa a arma, ah, abaixa a arma, o gajo
pensa que eu sou do mato ou quê, pra dentro, berrei
mais uma vez, pra dentro, o tipo deixou-se cair no assen-
to do carro, reparou pela primeira vez na pila, fechou
apressadamente as calças, esticou a camisa duas vezes, mi
dá só cem, disse eu, o cano da kilunza já estava encostado
na cabeça dele, a minha voz continuava fraca mas o pulso, juro mesmo, tio, eu não sei então explicar porquê
mas o pulso estava cada vez mais forte, nem só um tremor, parece é da gasolina que cheirei toda a tarde pra
esquecer a fome, o pulso estava firme pra compensar a
voz que estava fraca, mi dá só cem seu filho da puta, mi
dá só cem, o gajo sabia o fio da minha voz era enganador,
tirou só os documentos, eu deixei, tio, deixei pois no
fundo sou um canuco porreiro, não gosto de fazer mal a
ninguém, então porquê que todos me fazem mal, um dia
ainda vou descobrir, tio, juro mesmo, tio, ainda vou descobrir porquê que todo o mundo me faz mal, o madiê
atirou a pasta com todo o cumbu dele para a frente do
carro, eu não me mexi, liga a chave seu cabrão, encostei
um pouco mais o cano da pistola, mas não arranca sem
eu mandar, de repente, tio, eu também não sei explicar

isso, eu não tinha pensado nada, só queria mesmo cem pra comprar um pão, mas de repente, foi mesmo de repente, juro, eu não queria, olhei na garina toda encolhida no outro banco, devia ter quinze anos, nem bonita, nem feia, mas tinha uma mini-saia quase sem saia, era só mini, as coxas já formadas, olhei-lhe bem, parecia um animalzinho perdido na floresta, podia ser minha irmã, tio, eu desde que vim em Luanda por causa da guerra não sei mais onde estão as minhas irmãs, mas aquela garina poderia bem ser minha irmã, de repente tive vontade de chorar, não sei se o tipo reparou mas eu agi mais rápido, apontei a pistola na direcção da miúda e disse tu ficas aqui, vá, sai do carro, não tenhas medo porra, este cabrão não te vai fazer nada, se ele quer foder que foda a mulher dele lá em casa, vá, garina, sai do carro, e tu, meu filho da puta, quieto, quieto se não dou-te cabo dos miolos agorinha-agorinha, de repente, tio, eu mesmo não sei explicar nada pois as coisas aconteceram muito depressa, o muata berrou Aninhas, não sai, e baixou a cabeça pra escapar do cano da kilunza ao mesmo tempo que esticava a perna esquerda pra fora atingindo-me os joelhos, eu desequilibrei-me um pouco, ah, tio, mas nessa tarde eu tinha cheirado muita gasolina, o meu pulso estava firme, nem um tremor, tio, nem um remorso, tio, quando abri os olhos a cabeça do muata estava debruçada sobre o volante toda rebentada, o sangue jorrava-lhe da testa até no tapete formando um pequeno lago cada vez maior, a garina estava totalmente encostada no outro lado do carro encolhida sobre o seu medo, paralisada pelos seus próprios gritos, sem forças sequer para abrir a porta e desaparecer, teria sido melhor se ela desaparecesse, tio, mas ela não desapareceu, parece estava à procura do azar dela ou então alguém lhe mandou para desgraçar ainda mais a minha vida, eu rodeei o carro, abri a porta dela e disse vamos embora daqui, miúda, os anti-motins vão chegar, só que ela em vez de me obedecer teve uma reacção estranha, lançou-se contra o meu peito, começou a arranhar-me, a dar-me bicos nas canelas, mataste o meu amigo, mataste o meu amigo, ele ia mi colocar, ia mi dar um filho, enquanto berrava as lágrimas caíam-lhe pelo rosto, de vez em quando ela tentava tirar-me a pistola da mão, calma, dizia eu, calma garina, ele é que pediu pra morrer, quem lhe manda reagir, eu só queria cem pra comprar um pão, mas ele deu-te o cumbu todo, porquê que lhe mataste, esta pergunta deixou-me estupefacto, tio, como é que eu lhe ia explicar que não era só uma questão de cumbu, pois a minha vida é deverasmente mais complicada do que isso, então disse-lhe, nas calmas, quem lhe manda te trazer aqui pra te foder assim no meio da rua, a garina olhou pra mim como se eu fosse um ser do outro mundo ou então um artista de televisão, tens com nada, perguntou, tens com nada, eu fiquei à toa, a minha força ameaçou desaparecer das minhas pernas, a cabeça ficou escura por dentro, então agarrei-lhe os pulsos e encostei-lhe no meu peito, a pistola caiu na areia da praia, eu nem olhei, senti só as lágrimas dela se misturarem com os meus pêlos, abracei-lhe com força, as minhas lágrimas também começaram a sair devagarinho dos meus olhos, de repente comecei só a lembrar um monte de coisas, por exemplo, um dia lá em Chitepa estava eu mais os meus dois irmãos menores, eu olhei pra eles e disse qualquer dia vou em Luanda ver o mar, eles riram pois sabiam o nosso velho jamais que ia deixar, mas nesse dia entrei no avião do PAM como refugiado, ou deslocado, sei lá, vim mesmo aqui em Luanda, o meu pai ninguém tinha notícias dele, parece tinha ido na lavra há três dias, mas ainda não voltara no dia em que entrei no avião e comecei a berrar os meus pais lhes mataram nos bandidos, mi levem só, eu já não tenho mais pais, os nomes, anh, os nomes, o meu pai é António Canivete João, a minha mãe, Andua, mas os dois já morreram mesmo, mi levem só, não sei se o meu pai já sabe que eu agora também sou caluanda, quando cheguei fiquei um pouco assustado mas logologo controlei a situação, primeiro puseram-me num lar de padres mas no terceiro dia fugi, agora estou aqui na Ilha, tenho o meu buraco, saio de dia pra fazer uns biscates, de noite fico mesmo aqui a controlar os carros que chegam pra fazer sacanagens, eles nem reparam quando eu me aprochego silenciosamente deles, digo, tio mi dá só cem, alguns saltam como cabritos do mato à procura da camisa ou das calças, as garinas se encolhem todas, tapam os olhos com as mãos, de repente ficam mais caladas do que se fossem mudas, mas eu finjo que não estou a ver nada, repito, tio mi dá só cem, estendo gentilmente a mão, às vezes espero uma eternidade, mas a maior parte dá logo pra me despachar, os mais renitentes eu tiro a kilunza e pergunto estás surdo ou quê, dá lá cem se não te furo já aqui, eu estava a lembrar, tio, a miúda cada vez mais encostada no meu peito, ouvi a voz da minha mãe, os gritos da minha mãe, o desespero todo da minha mãe quando os homens lhe violaram, um, dois, três, quatro, cinco, seis, depois lhe espetaram a baioneta na cona, lhe puseram gasolina e lhe incendiaram com fogo, eu e o meu irmão mais velho estávamos escondidos no capim atrás da casa, vimos tudo, queríamos socorrer a nossa mãe mas fugimos, fugimos, fugimos até que encontrámos a tropa, desde então costumo escutar a voz da minha mãe dentro da minha cabeça, surge só assim de repente, nos piores momentos, quando tenho mais vontade de morrer, como naquela noite em que furei o muata do Mercedes e agora a miúda dele estava nos meus braços totalmente fragilizada, pensando talvez que eu tinha muita força só porque tinha uma kilunza e tinha despachado o velhote dela, o que ela não sabia é que eu estava mais fragilizado do que ela, a minha cabeça estava longe lembrando o dia em que decidi fugir de Chitepa, era um dia normal, igualito aos demais, ninguém viu sinais estranhos no ar, o meu pai recebeu umas visitas, foram num canto da sala, beberam cachipembe, conversaram baixinho, ninguém que ouviu nada, depois quando as visitas saíram ele disse vou na lavra, três dias que passaram e ele nada, a minha mãe já tinha morrido, os meus irmãos andavam só à toa, parados, sem fazer nada, eu perguntava estão à espera do pai mas eles não respondiam, o olhar deles era branco, pareciam mulojes, as minhas irmãs se arrastavam no chão cheias de ranho, moscas, lágrimas, era a fome, tio, o mundo lá em Chitepa era só fome e silêncio, só ficaram velhos e crianças, as mulheres que escaparam de ser violadas como a minha mãe foram sequestradas em plena luz do dia, os homens diziam vou na lavra e desapareciam, então eu tomei uma decisão, não espero mais, bazei no avião do PAM e pronto, depois que cheguei em Luanda, uns meses depois, apareceu um primo meu como irmão, me disse o tio António foi na UNITA, mano, eu não senti nada, nem tristeza, nem alegria, nada, tio, depois quando estava sozinho perguntei mas quem é o meu pai, ele já foi na lavra há tanto tempo, não me lembro mais dele, só recordo mesmo a minha mãe, lhe foderam, lhe espetaram a baioneta na cona e depois ainda por cima lhe queimaram, porra, tio, como é que o meu pai foi na UNITA, como, então decidi esquecer tudo, nem nome tenho, me chama como o tio quiser, mas naquela noite em que apaguei o muata com três balázios na cabeça a miúda dele me fez lembrar as minhas irmãs, ah, tio, às vezes tenho saudades mesmo, mas só delas, por isso naquela noite afastei ligeiramente a garina com toda a doçura que ainda me resta, mas também com amargura, levei-a para longe do corpo morto daquele filho da puta, sacana, velho sem vergonha, fomos na praia, tirei-lhe a roupa, fodi-lhe, fodi-lhe, fodi-lhe, parece que não estava a lhe foder mas a vingar-me do mundo, ela não dizia nada, só chorava e ria, de repente começou a gritar mi dá um filho, mi dá um filho, eu gritei com ela porquê pai, porquê pai, quando acabámos descansámos um bocado na areia, cada um para o seu lado pra saborear mesmo tudo, depois levantámos sempre em silêncio, mergulhámos neste mar de Luanda, nadámos, brincámos, nos lavámos bem, quando saímos eu disse assim pra ela vai então embora, garina, isto não é vida pra ti,

35

ela pegou nas coisas dela e desapareceu até hoje, tio, não deixou nenhum rasto ou sombra, só marcas, tio, muitas marcas, fundas, dolorosas, parecem facadas no coração, eu não consigo lhe esquecer, tio, só a saudade é pior do que a fome, eu não como nada desde antesdontem, nesse dia matei um homem e fodi pela primeira vez uma mulher, agora ela foi embora, fiquei outra vez sem nada, sem pai, sem mãe, sem irmãos, não sei se sou deslocado, refugiado ou outra coisa qualquer, não sei se amanhã vou acordar, se hoje terei de matar outra vez, se a televisão vai aparecer, se os moços verdes virão, se a carrinha da sopa vai passar, é de mais, tio, eu não aguento, mi dá só cem, tio, estou com bué de fome, não, tio, não diz que não, tio, a minha garina foi embora, a minha fome é do tamanho da minha dor, eu tenho muita vontade de chorar mas ainda tenho uma kilunza na mão, tio, porra, não me provoques, você ouvistes bem, não me provoques, tio, mi dá só cem, mi dá só cem mesmo, tio.

# Natasha

Natasha Pugatchova deixou as ruas cobertas de neve, as conversas da avó sobre os ursos brancos de uma infância que ela não conhecia, as recordações do avô sobre os seus feitos na Segunda Guerra Mundial, os impraticáveis sonhos das suas amigas adolescentes e uma fria sombra que, sem saber como nem porquê, se lhe infiltrava nos ossos, no sangue e na sua própria alma estupefacta e inquieta (o que pode ser traduzido, simplesmente, por angústia) e veio a correr, sem pensar que, como diz a canção, "a vida é um moinho" (muitas vezes trágico, acrescento eu), para Angola, atrás de Adão Kipungo José. O presente relato pretende dar conta aos leitores, o mais objectivamente possível (logo, sem qualquer espécie de envolvimento emocional), das vicissitudes que a levaram a empreender essa viagem absurda, embora — apoiado, confesso, no cínico ditado popular segundo o qual quem fala verdade não merece castigo — esteja à partida francamente tentado, se disso for capaz, a encontrar uma justificação qualquer (romântica, pragmática ou de qualquer outro tipo) para essa decisão da personagem. Se o lograrei ou não, isso apenas poderá ser avaliado no final da estória.

Como é lógico, a primeira pergunta que se impõe é a seguinte: porquê que Natasha Pugatchova abandonou o cinematográfico cenário, embora demasiado branco e frio, que descrevi no início e desembarcou com todas as suas bagagens, mas totalmente desarmada, nesta terra infestada de negros, calor, mosquitos, guerras e epidemias? Na verdade, ele tem uma coisa preta que me deixa louca, tão diferente de tudo o que eu conhecera antes e até do que eu esperava, as minhas amigas sempre me tinham dito, parece que os negros têm uma pila inacreditável, temos de experimentar, quando eu lhe perguntei ele não confirmou nem desmentiu, apenas soltou uma gargalhada meio despropositada, mas na altura até isso me excitou terrivelmente, quando dei por mim já o tinha completamente dentro das minhas entranhas, nem tive tempo de apreciar o tamanho daquele músculo inusitado que de repente me punha toda do avesso, o que é isso?, perguntei, a minha lança!, respondeu ele, a minha lança!, algum tempo depois ele disse-me que era filho de um caçador africano e então eu compreendi porquê que ele chamava lança à sua coisa preta, de tal modo que, dali para a frente, nunca mais deixei de experimentar um gozo estranho sempre que empunho (literalmente) a sua lança fantástica para introduzi-la em mim, interrogando-me ainda hoje se não será esse, igualmente, o prazer experimentado pelos cristãos quando se autoflagelam ou pelos samurais quando se suicidam.

Foi só isso, Natasha? Deixaste tudo, a translúcida visão da neve, o aroma dos ciprestes, a presença calorosa e tutelar dos avós, os ursos brancos, os extraordinários sonhos juvenis, os temerários planos subversivos, apenas por causa de uma lança metafórica? (Que os assépticos críticos pós-modernos me perdoem estas desnecessárias

38

intromissões da poesia na narrativa, mas nós, caluandas, não resistimos ao encanto dessa espécie de "gongorismo catetense" chamado ambaquismo...)

No princípio, realmente, tudo se resumia ao estranhamento sexual, mas hoje eu percebo que esse estranhamento correspondia, em grande medida, àquilo que eu própria esperava, em função dos comentários das minhas amigas acerca da virilidade dos africanos. A verdade é que todos nós avaliamos os outros com base em determinados esteriótipos que, não se sabe bem como, são forjados ao longo do tempo. Por exemplo, não é à toa que, para nós, todos os judeus são avarentos e os portugueses, tristes... (O que é que dizem dos russos? Ah, isso vocês é que terão de descobrir...) É por isso que, quando conheci o Adão, eu já estava pronta a ser surpreendida, se é que isso não é uma contradição... Aliás, eu apercebi-me rapidamente que o estranhamento era mútuo, pois ele era muito pouco imaginativo em termos de, digamos assim, alternativas amorosas, pelo que — posso dizê-lo — eu é que lhe ensinei muitas coisas que hoje fazemos normalmente. Talvez por isso, isto é, por causa dessa cumplicidade, é que continuamos juntos até hoje, apesar de todas as desilusões que tive desde que cá cheguei...

Devo confessar aos leitores, aqui, que, quando conheci Natasha Pugatchova, não acreditei, francamente, no que estava a ver. Eram sete horas da manhã e eu regressava a casa, depois de ter feito o meu matutino — um requisito pequeno-burguês ao qual aderira recentemente, para tentar amenizar essa protuberância que afecta os homens da minha idade e que é chamada, carinhosamente, de "barriga de cerveja". Ela caminhava a pé ao lado da Estrada de Catete, na direcção do bairro da Terra Nova (nome, diga-se, absolutamente nada condizente com o seu aspecto), com um enorme bidon de água na cabeça. Não era a única, claro: uma quantidade enorme de mulheres, jovens e crianças (nessa época, os homens tinham o hábito de, digamos assim, delegar certas tarefas que consideravam mais chatas a esses grupos habitualmente qualificados como "mais vulneráveis"), igualmente carregando na cabeça ou empurrando bidons de água de diversos tamanhos, formatos e cores, cruzava-se com ela em várias direcções, em filas desordenadas e irregulares, formando uma espécie de rosá-dos-ventos fantasmagórica. Se fosse possível deixar de me sentir pessoalmente envolvido por aquele cenário miserável, assumindo diante do mesmo um mero posicionamento estético, eu poderia pensar, simplesmente, que se tratava de um filme italiano do pós-guerra, com a diferença de que a tez dos figurantes era claramente mais escura — passe o trocadilho tão óbvio! — do que o habitual na referida cinematografia... Foi por isso, justamente, que a figura de Natasha Pugatchova me chamou a atenção, de uma forma inaudita. Só não me belisquei, pois sei que isso é conversa. Mas abri bem os olhos e acompanhei a trajectória daquela jovem completamente branca e loira, com toda a pinta de eslava, de vestido florido colado às curvas insinuantes do corpo, embora sem rabo, chinelos de plástico e um bidon metálico carregado de água na cabeça, até perdê-la de vista. Quebrado o encanto que me tinha transformado, durante alguns minutos, numa autêntica estátua de sal (eu, que não sou eslavo, fiquei mais branco do que a estranha mulher que acabara de dobrar a esquina da Estrada de Catete com a Rua dos Congoleses!), comentei com os meus botões, porra!, mais um angolano que enganou uma filha alheia!..., mas não, não, não é bem assim! Eu não lhe enganei nada! Aliás, o senhor não quer saber porquê que muitos de nós casaram com russas? Em primeiro lugar, porque elas ficavam completamente à toa com o tamanho dos nossos kinjangos. Acho que, por causa do frio, a pichota dos russos é mais curta do que o normal... Pelo menos era o que se dizia entre a malta!... A Natasha não lhe falou na minha coisa preta? Ah, quando lhe comi pela primeira vez (logo no dia em que nos conhecemos, depois do aniversário do nicaraguense que vivia comigo no quarto; o gajo ainda tentou engatá-la, mas eu fui mais rápido... Ninguém aguenta os mangolês!...), só lhe faltou subir nas paredes, pois, de resto, fez tudo: segurou-me a piça como se estivesse a adorar um deus pagão (*ai, que coisa preta!*, dizia ela, utilizando uma expressão que eu sempre achei meio racista, mas há momentos em que determinados pruridos não têm qualquer sentido...), e, depois de submetê-la a diversos preliminares que eu jamais havia experimentado antes, enfiou-a resolutamente dentro dela, como se quisesse suicidar-se, arranhou-me, gritou, pediu para eu não parar nunca mais, para fodê-la até ela esquecer completamente — é melhor sentar-se... — a Revolução de Outubro e o socialismo... (Não, não faça essa cara, como se eu estivesse a mentir! Era mesmo isso o que ela queria!... Se quiser pode perguntar-lhe...). Enfim, uma autêntica louca! Juro mesmo: eu nunca tinha comido uma branca — e ainda por cima loira... —, mas nem antes nem depois eu tinha dado ou voltei a dar uma foda como aquela! Nesse dia mesmo decidi trazê-la...

Mas ela não é tua mulher?! Como é que tu falas assim? Ora, como é que quer que eu fale? Você nunca viveu no exterior, não é? Então, não pode mesmo saber como é que é o racismo branco... Eu vivi na União Soviética desde os meus onze anos de idade. O Éme mandou-me para lá estudar, pois sou órfão de guerra. Só voltei depois da independência, já com vinte e oito anos. Praticamente, fiz-me homem naquele país. Pode não acreditar, mas não me lembro da minha infância... Dizem que o meu pai era caçador, mas, francamente, não faço a mínima ideia acerca dele!... Ainda hoje, quando me falam nas tradições africanas, eu não deixo de fazer coro — sempre com a maior convicção e veemência possível! —, pois sei perfeitamente que isso me pode ser útil, mas a verdade é que não percebo nada desse assunto. É por isso que ficava altamente chateado quando passava na rua e os russos me chamavam negro, macaco e outras coisas do género; vingava-me — é o termo — fodendo-lhes as mulheres!...

Fanon explica...

Fa... quê?! O mais-velho está mesmo fora do contexto!... As tipas passavam mal, sabe? Na altura, por um perfume qualquer ou uma simples calça jeans, podíamos ter as mulheres que quiséssemos. O que é que você faria no nosso lugar? Não me diga que aguentaria o frio de 50 graus abaixo de zero em jejum... Seja como for — não sei se, depois de tudo o que lhe disse, vai acreditar no que vou revelar, mas é a mais pura das verdades!... —, as coisas, com a Natasha, aconteceram de maneira totalmente diferente. Não precisei de lhe oferecer nada, nem ela me pediu!... Como já lhe disse, foi tudo muito rápido; o Lopéz ainda lhe cantou uma canção de bandido — ele falava russo melhor do que eu —, mas, quando eu apareci, ela não me largou mais durante toda a farra, até que acabei na cama dela... o resto já sabe!... Além da rapidez (normalmente, as angolanas que eu conhecia, pelo menos na altura, gostavam de fazer render o peixe durante alguns dias ou mesmo semanas, o que, às vezes, me irritava deveras!), chocou-me a linguagem que ela utilizou para se referir ao meu órgão sexual, de modos que, à quinta ou sexta vez, tive de lhe dizer que o meu caralho era preto, sim, senhor, mas não era uma coisa: era um ícone da minha ancestralidade, uma perfeita demonstração de que a cultura africana não está morta (antes pelo contrário, como, aliás, ela podia verificar com os seus próprios olhos!), uma herança do meu pai, que era um grande caçador, uma justiceira lança simbólica e outras patacoadas que tais. Isso parece que lhe aumentava ainda mais a tesão, pois ela, segurando-me o pau como se estivesse realmente a empunhar uma lança, desatava a dizer, freneticamente, uma série de coisas que o meu domínio da língua russa não abarcava na totalidade, mas entre as quais eu captava claramente a palavra *África, África*. Ainda pensei dizer-lhe que Angola não é bem África, ou melhor, que Angola é uma outra África, que a África, na verdade, não é uma massa informe e grotesca, mas, diante daquelas circunstâncias, achei que não valia a pena e *Chama-me Coisa Preta!, chama-me Coisa Preta!,* berrava eu, no meio daquela confusão de línguas, idiomas (captou a distinção?), pernas, braços, sexos, lençóis, almofadas, cobertores (conheci-a no Inverno), risos, gritos, suores e outros fluidos. Ela contou-lhe isso, não lhe contou...?

Quando conheci o Adão, entrei, literalmente, num outro mundo. Não, não, já lhe disse que não foi apenas uma questão de cama. Bem, se não disse, pelo menos totalmente, é porque você ainda não me deixou... Aliás, já agora, diga-me uma coisa: vocês, escritores, são tarados ou quê?! É só sexo, sexo!... Ah, o Sófocles também era assim? Édipo?! Quem era? Um dos mais famosos tarados sexuais da literatura universal? Acho que está a gozar comigo... Bem, adiante... Como estava a dizer, quando conheci o Adão, entrei num mundo completamente diferente de tudo o que eu conhecia. Depois do dia em que fizemos amor pela primeira vez, começámos a sair juntos. Logo no início, fiquei fascinada com o seu jeito, calmo e doce, apesar de um pouco retraído, pelo menos em público (ele não era muito dado a manifestações públicas de carinho, eu achava mesmo que ele era um tanto ou quanto envergonhado, mas depois percebi, observando os colegas dele, também africanos, que era a maneira de ser de todos eles; para mim, isso sempre foi estranho, pois pelo menos o Adão transformava-se completamente, quando estivéssemos na cama...). A relação dele com os horários também me impressionou muito. Nunca tinha pressa! Ele tinha uma teoria engraçada sobre isso,

— É uma questão de ritmo, querida! Ou melhor, de utilização do ritmo... Nós, africanos, usamos o ritmo de outra maneira. Para já, reservamo-lo para momentos especiais: a festa e o amor. São momentos mágicos, quase sagrados, para os quais temos de reservar todas as nossas energias... Não podemos dar-nos ao luxo de desperdiçar o ritmo em actividades prosaicas!..., mas a verdade é que muitas vezes cheguei a pensar que a sua problemática relação com o tempo, que ele gostava de apresentar como uma manifestação de sabedoria africana, não passava, no fundo, de uma grande irresponsabilidade. A prova disso é que ele raramente cumpria horários!... Tenho de reconhecer, entretanto, que o Adão, além de um amante especial, era também um farrista incansável. Ah, você acha que isso é defeito e não virtude? Mas você é angolano ou não é!? É que parece que vocês não sabem fazer outra coisa!... Bem, é claro que isso é um esteriótipo, pois o Adão, por exemplo, foi um estudante brilhante... e, além dele, conheci outros... O que quero dizer é que as farras que os estudantes angolanos organizavam eram, para nós, um espanto! De certo modo, e muito embora nunca lhe tivesse confessado isso, eu concordava com o Adão, quando ele dizia que uma farra era um momento mágico, pois eu via com os meus próprios olhos como é que eles se entregavam à música e à dança, até amanhecer... Eu e as minhas amigas não perdíamos uma farra organizada pelos angolanos!...

Onde é que eu aprendi a gostar assim de farrar, se fui para a União Soviética ainda criança? Ora, isso é pergunta que se faça a um angolano?!... A Natasha também quis saber isso. Eu respondia-lhe sempre com um lugar-comum (*Está no sangue, querida!*), pois, realmente, há coisas cuja dimensão e profundidade só podem ser alcançadas por lugares-comuns... Não me diga que você é como ela e também tem medo de lugares-comuns...?

Sabe, realmente, o que é que eu achava mais espantoso? Era a maneira como o Adão, que tinha saído de Angola ainda na infância, participava naquelas festas!... Ele nunca lhe disse qual era a resposta que me dava sempre a respeito disso? Dizia que também não sabia, que estava no sangue, enfim, lugares-comuns... Cheguei a comentar isso várias vezes com as minhas amigas, mas as respostas delas também não me ajudavam, pois limitavam-se a dizer os pretos são assim mesmo e pronto... Se a minha vida não tivesse dado tantas voltas, eu queria aprofundar esse assunto, pois, não sei porquê, essa noção, digamos assim, biológica da cultura causa-me arrepios... Naquela altura, porém, o que nós queríamos era divertir-nos!...

É claro que elas não faltavam às nossas farras! Também, pudera!, as nossas farras tinham sempre comida e bebida à vontade, boa música, bom ambiente... quem resistiria? Era preciso não ter sangue nas veias... E as russas têm, posso garantir-lhe! Não sei de onde é que elas tiraram a ideia de que nós, os negros, somos uns fodilhões do caralho (esta expressão ou é um pouco ambígua ou então é o máximo da redundância, não acha?), de modos que não descansam enquanto não nos tiram todo o tutano. Eu falo por experiência própria...

Insisto na pergunta, Natasha: foi só isso? Refiro-me ao sexo, ao jeito poético e irresponsável com que o Adão encarava a vida (ah, ele ficou pior depois que voltou para

Angola? Se calhar, não é apenas uma questão de sangue...), aparentemente diferente do seu... Isso é importante, claro, até porque as diferenças só assustam quando não encantam... Mas ninguém abandona o seu país, a sua cultura, a sua família e os seus amigos e vai atrás de alguém tão diferente, mas também tão desconhecido como era para si o Adão, apenas por causa disso!...

Já lhe disse que elas passavam mal! Ela nunca lhe contou que naquele tempo, a situação na União Soviética era muito complicada. As pessoas não tinham dinheiro e, mesmo que o tivessem, não havia praticamente nada nas lojas. Além disso, a liberdade era uma espécie de sonho extremamente distante e inalcançável. O próprio ar que respirávamos era policialesco, se é que posso usar esta imagem... O que vou dizer não significa que eu tenha qualquer complexo de culpa, até porque, obviamente, já nasci depois da Revolução e, portanto, não tinha nenhum termo de referência para comparar a situação que vivíamos com outra realidade qualquer; mas, para mim — e para muita gente —, tudo aquilo não podia — nós sentíamos que não podia — ter nada a ver com o socialismo! Só havia uma solução: sair do país...

Eu não lhe disse!? *Faz-me esquecer tudo!*, dizia-me ela. *Leva-me daqui!* Já lhe contei isso... Vê como não lhe menti quando lhe disse que, por mim, ela estava disposta, inclusive, a esquecer a gloriosa Revolução de Outubro? Não sei se era propositado, mas ela dizia-me essas coisas sempre que estávamos em pleno acto. Evidentemente, eu respondia que sim, que a faria esquecer tudo, que a levaria comigo até ao fim do mundo, se fosse preciso...

Na cama, nós, homens, só não prometemos aquilo que por acaso não nos vem à cabeça!...

Não pense que foi fácil. O meu avô tinha sido herói na Grande Guerra Pátria e o meu pai era dirigente do partido na minha aldeia. Eu fui educada com base na crença de que socialismo e futuro eram duas palavras sinónimas. Por isso, quando, diante de todas as dificuldades do presente, a própria ideia de futuro, mais do que desconhecida, se começou a tornar, para mim, verdadeiramente insuportável, comecei a desconfiar do socialismo. Mas era uma desconfiança difusa, cujos contornos eu era incapaz de formular com clareza... Era assim... digamos... uma espécie de sombra que me assaltava o coração a toda a hora, perante os mais pequenos factos do dia-a-dia... Mas, sabe que mais? Até hoje me interrogo porquê que, precisamente naquele dia, pedi ao Adão para me trazer com ele para Angola...

Francamente, se ela não sabe, eu também não lhe posso dizer com certeza absoluta que sei. Desconfiar, desconfio, é claro... mas tenho receio de ser injusto com ela... Naquele dia, ele disse-me que o pai dele tinha sido um grande caçador numa província no leste de Angola, cujo nome não fixei com clareza. Na realidade, eu desconhecia completamente o próprio país. Segundo o Adão, Angola era um grande país africano, que tinha sido colonizado pelos portugueses — um povo que eu também não conhecia muito bem... —, com cidades seculares e, sobretudo, muitas riquezas: petróleo, diamantes, ouro, ferro... Confesso que, naquela altura, pensei que tudo isso não passava de gabarolices juvenis, mas quando ele disse que os angolanos, pelo valor de uma grade de cerveja, podiam viajar até Katmandu e outros lugares tão misteriosos como esse, não resisti e comecei-lhe a pedir para me trazer para Angola, enquanto ele, com a sua diabólica coisa preta dentro de mim, me fazia gozar uma vez atrás da outra.

Mentiras piedosas! Juro mesmo: foram apenas mentiras piedosas!... É claro que eu lhe contei algumas estórias... quer dizer... dourei a pílula, como dizem os tugas! Também, diga-me: queria que eu lhe dissesse que Angola é uma merda?, isto é, Angola não é bem uma merda, vocês, os que mandam, é que a fizeram assim!... Não tive, portanto, outro remédio senão dizer-lhe umas quantas mentiras piedosas, como manda, digamos assim, a etiqueta... O problema — vou-lhe dizer a verdade — é que eu também a amava. Não sei bem como é que isso começou (desde os gregos, pelo menos — será que não havia angolanos ou outros africanos antes dos gregos? —, que os seres humanos andam à procura da resposta a essa e outras perguntas, sem jamais o conseguirem), mas o facto é que, de repente, a sua imagem começou a interpor-se obsessivamente, todos os dias, a toda a hora, nos momentos mais estranhos e até mesmo despropositados, entre mim e a realidade, de tal maneira que eu passei a ter sérias dificuldades em distingui-la da própria realidade e, sobretudo, dos meus projectos em relação a essa realidade. Quer dizer, eu compreendi logo que não podia mais viver sem ela!... Comecei, por isso, a alimentá-la de fantasias. Pra já, contei-lhe umas estórias mirabolantes a respeito do meu pai, que era um caçador tchokwé, mas que na realidade eu não conheci. Certo dia — parece que as mentiras são como as cerejas... —, cheguei mesmo a dizer-lhe que a minha família tinha ligações com a nobreza tradicional do Reino da Lunda e que, portanto, e apesar de eu ser negro, me corria sangue aristocrático nas veias... Por outro lado, pintei-lhe um quadro acerca de Angola mais cor-de-rosa do que um prospecto turístico, falei-lhe das praias, do pôr do Sol, da palanca negra, da welvitchia mirabilis, do petróleo, dos diamantes, do café, do jindungo... Espere! Será que...?

Um dia ele disse-me que tinha uma fazenda maior do que muitos países europeus e onde cultivava uma especiaria rara chamada jindungo (agora já pronuncio esta palavra correctamente, embora não me tenha conseguido habituar, depois de oito anos, ao seu sabor arisco, talvez devido a todos os equívocos que aconteceram na minha vida por causa dela; por isso mesmo, nunca o utilizo na comida, pois normalmente só me dá cabo dos intestinos...). Eu não conhecia essa nova especiaria, o que, dada a minha absoluta ignorância em relação à África, não era de estranhar. Por isso, não desconfiei de nada. Nem sequer achei exagerados, na altura, os fantásticos relatos que os amigos do Adão faziam da sua roça de jindungo, sempre que o assunto viesse à baila... Tenho de confessar, mesmo, que comecei a ficar entusiasmada com a possibilidade de apreciar as extraordinárias plantações que eles me descreviam e não via a hora de embarcar para Angola com o Adão, mal ele terminasse a licenciatura, para tomar posse do desconhecido reino que ele me abria, tal e qual a sua coisa preta me abria o ventre e o fazia explodir de prazeres e cores que ele jamais experimentara!... Como já lhe disse, as coisas na União Soviética estavam muito complicadas, naquela época, e, embora eu ainda fosse muito jovem e não percebesse bem porquê, sentia-me absolutamente sufocada. Eu tinha de sair dali! Imagine, pois, como é que fiquei quando o Adão concordou em trazer-me para Angola, assegurando-me uma vida completamente nova em todos os aspectos e jurando que eu seria sempre a mulher da vida dele!...

Eu não lhe disse? O kinjango dos angolanos contribuiu mais do que o Gorbachov para a queda do muro de Berlim... Pode escrever!...

Não sejas abusado!... Desgraçaste masé uma filha alheia!... Essa estória da plantação de jindungo é o cúmulo da irresponsabilidade... Além disso, como é que trazes uma estrangeira para Angola, com todas as makas que o país tem, e, mal chegas, arranjas logo uma segunda mulher?!...

Quando eu soube que ele tinha arranjado outra mulher, quis fazer as minhas malas e voltar imediatamente para a Rússia. Essa foi a mais terrível decepção que o Adão me fez sofrer! A primeira foi logo quando chegámos a Angola e eu começei a constatar que as estórias que ele me tinha contado não passavam — para ser generosa com ele... — da mais pura fantasia. Imagine que, afinal, nem casa ele tinha!... Nos primeiros cinco meses, tivemos de viver na casa de um tio dele, em condições extremamente complicadas. Isso deixou-me muito nervosa e angustiada, pois eu já estava grávida, quando cheguei, e sempre imaginei que o meu filho nasceria num ambiente superespecial, como naqueles filmes de Hollywood que eu e as minhas amigas, na União Soviética, tanto invejávamos, mesmo sem poder vê-los... Felizmente, o Adão conseguiu este cantinho, onde nasceu o nosso primeiro filho — um mulatinho com o nariz e o cabelo do pai!... (Depois tivemos uma menina, bem escurinha, mas com o cabelo lisinho e parecidíssima com a minha avó...)

Mas, então, e o Adão? O que disse ele quando você constatou que ele não era nada um príncipe africano e que o jindungo não era senão um frutozinho terrível para pôr na comida (e que, ainda por cima, segundo você me disse, só lhe provoca os intestinos...)?

Sabe, até fiquei com pena dele!... Obviamente, como não tinha outra saída, disse-me que tinha mentido por amor. *Amo-te t rrivelmente, desde o primeiro dia em que nos vimos, pelo que não te queria perder,* disse ele. *Se eu te tivesse dito como é que realmente era Angola e como é que eu vivia, terias vindo comigo?*, perguntou. É claro que também lhe menti e disse veementemente que sim, que para mim isso não seria problema, que ele é que era um mentiroso, que me devia ter dito a verdade, que o amor genuíno deve assentar necessariamente na verdade e outros lugares-comuns. O estranho é que, mesmo no calor dessa feroz discussão, nunca me passou pela cabeça abandoná-lo e voltar para casa... Será isso o amor?

Acho que sim. *"O coração tem razões que a própria razão desconhece..."* Conhece estes versos?

Mais um lugar-comum, embora com estatuto literário... Mas a verdade é que, apesar de todas as mentiras com que ele me seduziu (ou, quem sabe?, por causa delas...), eu não pensei deixá-lo. Só pensei nisso quando soube que ele tinha outra mulher!... Uma prima dele é que me contou isso, até hoje não sei porquê; mesmo que o tenha feito por uma questão de solidariedade, acho que esse tipo de solidariedade se pode tornar, às vezes, um tanto ou quanto perverso... Bem, isso é o que penso agora, à distância, pois na altura agradeci-lhe a informação!... Segundo ela, a mulher que o Adão arranjara vivia no Bairro do Golfe e era lá onde ele dormia, quando me dizia que tinha de viajar para uma província qualquer, em serviço. Como deve imaginar, fiz uma maka (sabe que gosto muito da contundente sonoridade desta palavra que vocês inventaram?) dos diabos! Naturalmente, o adultério, sob várias formas, existe em todas as sociedades, pelo que, inclusive, há quem diga que não se pode julgá-lo moralmente sem contextualizá-lo, mas tudo isso é fácil de dizer quando não nos toca na carne; quando somos nós as vítimas, o mundo inteiro desaba sobre nós... Foi o que senti, literalmente, quando soube que o meu marido tinha outra mulher, com a qual também tinha filhos! E sabe qual foi a resposta que ele me deu, quando lhe pedi explicações? *Está no sangue!...* Porra! (Desculpe-me, mas foi assim mesmo que eu reagi...) Pensei imediatamente em fazer as malas e voltar para o meu país. Até hoje, francamente, não sei porquê que não o fiz. Amor não pode ser... Ou será?

Depois de todas as sacanices que lhe fizeste, não penses que a Natasha te continua a amar...Talvez esteja acomodada e tenha perdido a vontade de lutar... Isso acontece à maioria dos seres humanos... Ou então tenha medo de não se adaptar mais à vida na Rússia, pois parece que o capitalismo deles é mais selvagem do que o nosso, se é que isso é possível!... Tu próprio deste-me a entender que ela se casou contigo apenas porque desejava abandonar o país dela e também porque tu, digamos assim, exageraste o teu "comercial", embora o facto de ela ter ficado comigo mesmo depois de ter descoberto que era tudo mentira dê a entender uma coisa diferente, não é isso? Sem se dar conta, o senhor acaba de se contrariar a si mesmo. Está na cara que ela ainda me ama!... Realmente, não foi fácil convencê-la a aceitar a nova situação. Primeiro, menti-lhe, dizendo que tinha sido um acidente, mas que eu já não tinha mais nada com a Inês, a única coisa (bem, *coisa* é maneira de dizer...) que me ligava a ela era a criança que ela tinha tido e que, naturalmente, não tinha culpa de ter nascido, pelo que eu, como pai, não podia abandoná-la, enfim, sabe como é, tentei sossegá-la com umas quantas mentiras de ocasião... Porém, quando já não lhe pude mais esconder o verdadeiro relacionamento que tinha com a Inês, limitei-me a dizer-lhe que estava no sangue, que os homens, em todas as sociedades, são assim mesmo, não passam de caçadores...

— *Porra! Cala-te, Adão! Caçadores de quê!? Caçadores, uma merda!... Só falta invocares outra vez a memória do teu pai, que também foi caçador... Não gozes mais comigo, Adão! Desde o dia em que te conheci, só me tens mentido! Convenceste-me a vir contigo para Angola com uma série de promessas e, mal cheguei, vi logo que não passavam senão de grotescas fantasias!...*

Estou espantado consigo! Então você também não gosta de fantasias? Mas não é assim que vocês, escritores, levam os leitores na curva?!...

— ... *E agora, ainda por cima, arranjas outra mulher!... Chega!, Adão, chega! Vou-me embora para a Rússia!...*

Você está a perguntar-me a mim porquê que ela não voltou para a terra dela? Já lhe disse que, contrariamente ao que você pensa, ela ainda me ama. Pense um pouco: quem é que lhe deu este endereço? Não foi ela? Então você acha que isso seria possível, se a situação não estivesse controlada? As duas conhecem-se, falam-se sempre que é preciso e cada uma delas sabe que, quando não estou em casa, estou em casa da outra... E não me venha dizer que a Natasha se acomodou!...

É, talvez tenha razão: parece que me acomodei, mesmo... Depois, sabe, a situação na Rússia está tão mudada!...

Essa sua teoria de que a Natasha se acomodou não está com nada! O que eu vou dizer não é nenhum trocadilho, mas talvez ela seja feliz e não tenha consciência disso... Na verdade, o que muita gente não sabe — ou finge não saber — é que a felicidade não tem um formato *standard*. Cada um, portanto, tem o direito de escolher a sua maneira de ser feliz... Além disso, há um outro aspecto: além de já ter bebido água do Bengo, ela já experimentou a *coisa preta!*...

Afianço aos leitores que não tenho teoria nenhuma. Embora, é claro, tenha as minhas próprias ideias, a minha principal função, como narrador, é transmitir o que os meus olhos observam, o que, entretanto, implica não apenas descrevê-lo, mas também entendê-lo, pois, como ensina um velho ditado, as aparências iludem. A verdade é que, depois que vi aquela eslava loiríssima carregando um bidon de água na cabeça, em plena Estrada de Catete, não descansei enquanto não descobri a casa dela, pois precisava de saber se ela era mesmo real ou se tudo não passava de imaginação minha. Ia caindo, literalmente, para o lado, quando, depois de dois dias de investigação, dei de caras com a casa da Natasha, no fundo de um beco qualquer da Terra Nova, tortuoso, esburacado, cheio de poças de água e de uma série de montes de lixo coroados por bandos de moscas de um verde-azulado intenso, que nem sequer se dignaram afastar-se à minha espantada e temerosa passagem. Quem, como eu, assistiu ao inexorável aviltamento sofrido pela cidade, após a sua libertação, já devia estar prevenido, mas mesmo assim consegui sobressaltar-me: com o seu ar miseravelmente desgrenhado, a pintura completamente desbotada, cheia de fissuras, as portas e janelas todas descascadas e remendadas, a casa era um autêntico monumento à degradação!... Cá fora, duas crianças mulatinhas, uma mais escura do que a outra, brincavam na lama com algo que, no passado, deveriam ter sido brinquedos. A Natasha estava no quintal, pondo a secar umas roupas que ia tirando de uma bacia de plástico colocada no chão. Um rádio suspenso numa velha grade de cerveja atirava para o ar, em altos berros, acordes da célebre canção dos cossacos, Kalinka, competindo com um sungura que irrompia do quintal vizinho. Como devem imaginar, eu tinha preparado mil e uma perguntas, mas, diante do cenário miserável que, de repente — apesar de conviver com ele todos os dias —, se revelou pela primeira vez aos meus olhos, de maneira surpreendentemente dantesca e aterradora, nem sequer consegui começar. Mais surpreendente ainda foi a resposta da Natasha ao meu súbito e estupefacto silêncio...

Como é que vim parar aqui? É essa a pergunta que me queria fazer? É muito simples...

# O efeito estufa

Charles Dupret. Apesar de ter este nome, claramente anglo-afrancesado, ele era o mais acérrimo defensor da autenticidade angolana. *Angola é um país de pretos!* Esta frase contundente e absoluta estava presente em todos os discursos que fazia, mesmo quando falasse apenas do estado do tempo. Estava totalmente à vontade para brandir a referida sentença contra tudo e contra todos, pois não era um desses pretos suspeitos, meio acastanhados, cujo cabelo, quando cortado bem rente, se torna liso e dócil ao tacto e que, um tanto equivocadamente, se chamam a si próprios *"fulos"*, mas que todos os outros (os pretos efectivos, especialmente os que usam óculos, os mulatos condenados, sem santo e sem sangue, os *"cabritos"* angustiados e os brancos que já aprenderam a remexer a cintura quando dançam) gostam de chamar *"fronteiras perdidas"*, o que é uma notória sacanice (palavra que, caso sejam sensíveis à escatologia, podem substituir, por exemplo, por perfídia). Pelo contrário: ele era um preto genuíno, sem qualquer pigmento a mais ou a menos! Um verdadeiro autóctone angolano! Podia, pois, proclamar à vontade que *Angola é um país de pretos!*

Como eu não sou muito dado a floreados e — digo mesmo minha verdade! — prefiro a prosa rápida e rasteira, adianto já que Charles Dupret acabará esta estória completamente malaico (para quem não sabe, *malaico é* um adjectivo introduzido pelos caluandas no português de Angola e que eu prefiro à insossa e um tanto efeminada palavra "doido"; um malaico, portanto, é alguém cujos fusíveis estão completamente trocados, isso para não recorrer — Deus me livre! — à antiga e vetusta palavra "alienado") dentro de um contentor de lixo, dos inúmeros abandonados nesta velha cidade chamada Luanda e, tal como os demais, totalmente repleto de dejectos, na sua maioria sólidos, mas também líquidos e outros assim-assim.

(Parêntese: à primeira vista, a expressão "totalmente repleto" parece uma redundância, mas aqueles que já viram um contentor de lixo em Luanda sabem do que estou a falar, pois, a rigor, o dito cujo [refiro-me ao lixo] não se limita a encher completamente esses recipientes que os serviços camarários, com cansado desvelo, mal conseguem espalhar pela cidade em número suficiente, mas transborda sem hesitações nem pudor até ao chão, derrama-se, espalha-se pelo asfalto ou pelo areal até formar uma espécie de cordão, digamos assim, anti-sanitário, às vezes de alguns metros de diâmetro, à volta do próprio contentor; entretanto, e talvez contraditoriamente, o lixo assim derramado, depois de já ter alcançado o chão, demonstra uma irresistível atracção pelas alturas, podendo transformar-se em montículos, pequenas colinas e até — pasmem-se os leitores, que nós já estamos vacinados! — montanhas, mas o que havemos de fazer, se a vida é cheia de contradições?)

Reconheço que, seja como for, esta técnica de antecipar o fim das estórias, além de não ter nada de novo, não anula o facto de que todo o desenlace, ainda que (ou sobretudo) simbólico, tem os seus quês e porquês, razão por que, e embora pessoalmente não tenha grandes motivos para gostar de Charles Dupret, serei obrigado (espero e confesso: com secreto gozo...) a transmitir-lhes os resultados da minha investigação ficcional, se é que isso existe... Os leitores dirão, no final, se fiz dele um retrato sereno e objectivo ou uma mera e grotesca caricatura, motivada pelos meus eventuais e humanos preconceitos. É que, como se sabe, a verdadeira distância entre autor e narrador depende somente do grau e do tipo de dissimulação...

Como, igualmente, toda a narrativa tem as suas armadilhas, tentarei não cair na fácil tentação dos chavões. Não afirmarei, por conseguinte, que Charles Dupret era um esposo dedicado e fiel, um pai atento e sempre bondoso e um chefe de família exemplaríssimo, como são todos os mortos, até porque ele apenas ficou completamente cacimbado, mas, que eu saiba, não chegou a, como se costuma dizer, abandonar o mundo dos vivos. É só olhar à volta, que você encontrará uma data de Charles Dupret's, pretensamente poderosos na sua arrogância, mas terrivelmente patéticos todos eles... Também não o acusarei, obviamente, de antes de pirar ter sido um grande filho da puta, pois confesso que não cheguei a conhecer a mãe dele, pelo que não tenho nada contra nem a favor dela. Consta apenas que a mesma padecia há muitos anos de uma febre sem cura e, quando soube do destino do filho, fez um comentário estranhíssimo (*Até que enfim!...*) e tombou a cabeça para o lado, mas talvez isso não passe de maledicência dos seus (dele) inimigos, esses cosmopolitas e luso-tropicalistas sem pátria, sempre prontos a dividir a família tradicional angolana, para continuar a dominar os autóctones.

Vamos aos factos: Charles Dupret era estilista. *O único estilista preto!*, dizia ele, como se isso acrescentasse alguma coisa à criatividade dos seus desenhos, à qualidade dos tecidos que utilizava ou ao detalhe dos seus acabamentos. O problema (ou simplesmente a questão, para não começar logo a dramatizar...) é que ele levava isso tão a peito, que o cenário de todos os desfiles que fazia era sempre totalmente preto, das passarelas aos cortinados, passando pelas cadeiras, pelas lâmpadas e todos os outros adereços. Escusaria de acrescentar que, obviamente, os próprios modelos eram também todos pretos, se não fosse necessário, pelo menos como curiosidade, evocar a abertura esdrúxula que costumava anunciar, através de um poderoso e oculto altifalante, a respectiva entrada na passarela: *Senhoras e senhores, vão passar a seguir as pretas e os pretos autênticos de Charles Dupret, os únicos que são imunes ao efeito estufa!*

As opções estético-epidérmicas do estilista foram consideradas uma lufada de ar fresco no amorfo panorama da moda local, o grito de Ipiranga dos jovens criadores autóctones e até mesmo uma autêntica revolução político-semiótica, digna não somente de figurar nas revistas especializadas de todo o mundo, mas também de ser estudada por Barthes e Umberto Eco, se acaso eles fossem capazes de olhar um pouco para lá (ou melhor, para cá) do Mediterrâneo. Um jornalista chegou a apodá-lo, depois de um desfile que acabou, como não podia deixar de ser, numa bruta farra, da qual os repórteres foram os últimos a sair, de *The King of Black Style*. Esse mesmo jornalista, contudo, teve uma grande maka com Dupret, posteriormente, quando, num raríssimo assomo de lucidez, chamou a atenção para o facto de que os únicos que adquiriam as roupas do estilista eram brancos e, ainda por cima (melhor: inevitavelmente, por serem os mais endinheirados), gringos, pois os autóctones (em especial os de tez escura) não tinham bufunfa para essas extravagâncias. *É uma questão de estratégia!*, defendeu-se Charles Dupret. *Temos de reaver o que esses brancos nos espoliaram durante os séculos em que nos escravizaram! Eles devem-nos muito dinheiro!...* Quanto ao jornalista, deixou de convidá-lo para os seus cocktails, o que foi muito pior do que tê-lo mandado para a cadeia...

Em casa, Charles Dupret era um ditador. É claro que eu poderia dizer que se tratava simplesmente de um resmungão ou de uma pessoa com feitio difícil, mas, como já disse, e além de não ter qualquer simpatia por ele, prefiro a prosa rápida e rasteira aos floreados ou aos eufemismos bem-intencionados. Em casa, só ele mandava e ponto final. Todos os demais — mulher, filhos, cachorro, periquito — tinham de dançar ao som da música dele. Uma sugestão sua, quer dizer, dele, por mais vaga e imprecisa que fosse, tinha de ser entendida como um despacho peremptório, claro, preciso e sobretudo inquestionável. Segundo me disseram, a mãe dele era a única excepção, pois, embora nunca se opusesse frontalmente aos despachos do filho, a maior parte deles perfeitamente absurda, também não lhes ligava patavina: na verdade, era como se eles não existissem. A velha — que, lembro, não conheci pessoalmente — passeava-se pelos corredores da casa, no meio dos chiliques cada vez mais frequentes do estilista, com um ar absolutamente seráfico, como se caminhasse sobre nuvens diáfanas e invisíveis, murmurando para si mesma uma pergunta que Charles Dupret não tinha capacidade para escutar: — *Até quando, meu Deus, até quando?*

Um dia, estava toda a família à mesa — excepto a velha, que comia na cozinha, mas porque fui eu lembrar-me deste detalhe? —, o estilista poisou os talheres com um ar lento e grave. A princípio, os outros não ligaram, pois essa pose, na verdade, fazia parte do estilo arduamente cultivado por Charles Dupret, pelo que continuaram entretidos com o delicioso bacalhau com natas preparado pela dona da casa (escuso de dizer, para não bater mais no ceguinho, que "dona da casa", aqui, ou seja, em casa do estilista, era apenas força de expressão...). Além disso, a mesa onde habitualmente faziam as refeições — que, para outros, constitui um local de convívio familiar — era um dos palanques preferidos de Dupret, que ali proferiu alguns dos seus mais inflamados discursos, sempre sentado, como por certo imaginais, na cabeceira principal. *A cabeceira norte!*, berrava ele, apoplético (pois, então!), sempre que, por lapso, lhe trocavam de lugar, *A cabeceira norte!, estou farto de dizer que o meu lugar é na cabeceira norte!...*

O discurso desse dia, entretanto, foi um dos mais surpreendentes jamais proferido por Charles Dupret, quanto mais não seja devido às circunstâncias. *A partir de hoje, o bacalhau deixa de fazer parte da dieta alimentar desta casa!*, declarou com toda a solenidade que podeis igualmente imaginar, silabando as palavras como se estivesse a medir alguma das suas peças de roupa, centímetro a centímetro. Antes que os outros tivessem tempo, sequer, de expelir apressadamente o bacalhau com natas que degustavam com evidente e — aqui entre nós — desculpável prazer, o estilista iniciou uma longa e confusa peroração contra esse pobre animal conhecido no Atlântico pelo nome científico de *gadus morrhua*, em todas as suas, digamos assim, vertentes, fresco ou seco, cozido ou assado na brasa, "com todos" — grão de bico, ovos e legumes cozidos — ou apenas com salada, mas principalmente se disfarçado na caldeirada ou então levado ao forno com uma elegante cobertura de natas, tentando, com isso, passar por muito fino, quando a facilidade com que se deixa capturar denuncia desde logo a sua origem e natureza humildes (*Um peixe que se deixa apanhar assim pelos tugas só pode ser um peixe miserável, para não dizer execrável!...*), a qual, aos poucos, se foi transformando numa vibrante catilinária contra o colonialismo, em especial o português, contra o Diogo Cão, o Camões, o Saramago (*Ainda por cima é comunista, o gajo!*), o Eusébio e outros emblemas lusitanos, voluntários ou não, até que, já depois de, num gesto teatral, ter atirado para o chão o seu prato com bacalhau com natas, se levantou e decretou definitivamente, como se disso dependesse não apenas a integridade, mas o próprio futuro daquela pequena célula da pátria que é a família, pelo menos no seu entendimento, ele que era conhecido como o maior defensor público da autenticidade angolana, *A partir de hoje, o bacalhau deixa de fazer parte da dieta alimentar desta casa!*, para desespero da mulher e dos filhos, que ficaram sem saber o que fazer com os garfos que tinham à frente da boca.

Sandra Cristina, a filha mais nova de Charles Dupret, uma adolescente inquieta e arrogante, como todos os adolescentes, que estudava em Londres mas que estava de férias em Luanda, depois de três anos, ousou retorquir, embora timidamente, talvez por já não se lembrar de que o pai odiava terrivelmente ser contrariado: — *Pai, mas o bacalhau é da Noruega, não é de Portugal...* O estilista ficou imperceptivelmente irritado por o terem feito sair do seu, digamos assim, auto-encantamento oratório, mas, como tinha sido a caçula, resolveu ser condescendente. *Mais uma razão!*, disse, *Mais uma razão! Como é que um peixe que tem a obrigação de ser civilizado se deixa apanhar à toa pelos portugueses, esse povo atrasado à beira-mar plantado, essa raça de cambutas, que ainda ontem eram camponeses e, hoje, são pedreiros e carpinteiros e que, sem respeito nenhum pela ordem natural da geografia e dos elementos, sai do seu cantinho junto ao Mediterrâneo e vai até aos mares do Norte à procura desse animal, que depois exporta abusivamente como se tivesse nascido no Guadiana, o maior rio que, segundo dizem, nasce e morre em Portugal? Quer dizer: é com um animal alheio que os tugas nos querem continuar a colonizar e, ainda por cima, pelo estômago, que é o nosso ponto fraco, pois todo o mundo sabe que somos uma cambada de subnutridos!... Não te rias, fi-*

*lha! Acredita no que te digo: o bacalhau é o cavalo de Tróia utilizado pelos portugueses para continuarem a ter os angolanos na mão!... Com o bacalhau vem o vinho, o chouriço, as alheiras, o queijo da Serra amanteigado — enfim, todas essas porcarias que não apenas fazem mal ao colesterol, mas também à nossa identidade!... Mas, afinal, o que é que te ensinam lá em Oxford?!* O discurso de Charles Dupret estava a chegar a um ponto perigosamente alucinante e paranóico, mas, alguns dias depois, um jornal independente publicou um artigo absolutamente fantasioso sobre esse discurso, tentando, à custa da distorção dos factos, adocicar a imagem do estilista, o que demonstra que a chamada objectividade jornalística é um dos mais sólidos mistérios actuais da humanidade.

(Segundo parêntese: esse artigo acerca do violento e teatral discurso de Charles Dupret contra o *gadus morrhua*, assim como do decreto doméstico que o acompanhou [a proibição total e absoluta, na dieta alimentar familiar, de pratos à base de bacalhau], foi escrito pelo mesmo jornalista com quem, conforme já antes referido, o estilista havia rompido relações. Mortalmente agastado pelo facto de ele próprio, muito antes do bacalhau, ter sido expulso dos *cocktails* de Charles Dupret, habitualmente promovidos por ocasião das passagens que o mesmo organizava, o escriba jurara não descansar enquanto não o desmascarasse completamente. Desde então, não se passou uma semana sequer em que o referido jornalista não publicou algum texto contra o estilista, de tal maneira que o periódico onde ele trabalhava, praticamente, deixou de se destinar ao público em geral, passando a ser um jornal anti-Dupret. Nos conturbados tempos do estilista, isso parecia a todos perfeitamente normal e aceitável.

(Posso revelar, prolongando o parêntese, que, na investigação que fiz para lhes poder contar esta estória, tive alguma dificuldade em destrinçar os factos do que eram simplesmente as intrigas e calúnias do jornalista contra Charles Dupret. O material mais interessante foi, sem dúvida, uma entrevista com um historiador que demonstrava, por a+b, que os trajes apresentados pelo estilista como a prova insofismável da autenticidade do seu estilo não passavam de imitações de trajes de origem árabe, que se espalharam ao sul do Sudão depois de séculos e séculos de trocas. No caso de Angola — notava o historiador —, essa penetração apenas pecou por tardia, pois, por qualquer razão até agora inexplicável, o país sempre esteve fechado a qualquer influência muçulmana mais significativa. É claro que as palavras do historiador foram aproveitadas pelo jornalista para fazer uma manchete arrasadora: "AUTENTICIDADE DE DUPRET AFINAL É ÁRABE."

(Sadicamente, o jornalista complementou a entrevista com uma caixa contendo comentários da sua própria lavra acerca da propalada autenticidade dos modelos do estilista, os únicos — recorde-se — que são imunes ao efeito estufa. Segundo o ressentido redactor, ao privilegiar os modelos femininos de estatura elevada, magros e, sobretudo, sem rabo, Charles Dupret limitava-se a copiar servilmente os padrões de beleza europeia, "ofendendo criminosamente os cânones estético-carnais da Angola profunda". Um subtítulo inteiro — designado "Charles

Dupret despreza a bunda das angolanas" — foi dedicado às virtualidades dessa peça anatómica, que o jornalista, talvez pensando no Brasil, dizia ser o material de exportação mais antigo do país, mas que "o único estilista angolano de tez escura, embora de nome anglo-afrancesado, colocou lamentavelmente no caixote do lixo das suas escolhas".)

Isso tudo aconteceu dentro deste segundo parêntese. Conhecendo, portanto, todos esses antecedentes, não pude deixar de ficar surpreendido com o artigo acerca do discurso de Charles Dupret contra o bacalhau com natas (e não só). Como sabem, o estilista queria saber da filha o que é que esta aprendia em Oxford, que não compreendia os terríveis malefícios causados pelo bacalhau à identidade cultural dos angolanos. *Não é Oxford, pai! É um colégio, em...*, respondeu ela. A resposta deixou-o gelado. Feita, ali mesmo, uma apuração sumária, Charles Dupret descobriu que Sandra Cristina tinha reprovado duas vezes seguidas na famosa universidade, para a qual entrara — diga-se de passagem — graças a um esquema de altíssimo nível, pelo que fora obrigada a mudar-se para um simples colégio. A mãe estava ao corrente de tudo, desde o princípio, mas tinham combinado não dizer nada ao pai. Este deixou-se cair lenta e pesadamente na cadeira. Mas logo se levantou, deu um safanão brutal na mesa e:

— *Eu tenho razão! Eu tenho razão! Estamos totalmente endrominados pelos tugas! O problema é o bacalhau! A partir de agora não quero mais bacalhau nesta casa! Mas porquê que não fomos colonizados pelos ingleses, porra?!... Sandra, vê lá se pões aquele CD do Michael Jackson!...*

Naturalmente, um discurso desconexo como este não poderia ser reproduzido num jornal sério e democrático. Por isso, o jornalista, repentinamente reconciliado, até hoje não sei porquê, com o estilista, escreveu um longo e cuidadoso artigo, em que, depois de relatar, até ao pormenor mais ínfimo, os momentos mais exaltantes do discurso de Charles Dupret contra o bacalhau, acabou por revelar que ele tinha expulso a filha e a mulher de casa, "em nome das nossas raízes", porque elas se tinham recusado a passar a comer apenas calulu e sarrabulho e, ainda por cima, desplante dos desplantes, lhe queriam obrigar a ouvir a música desse preto armado em branco, "Michael não sei das quantas", omitindo o detalhe (desnecessário, segundo o jornalista, pois o mais importante era realçar, mais uma vez, o papel do estilista na defesa da identidade cultural dos angolanos) relacionado com Oxford. Eu ainda lhe dei a dica de que o sarrabulho é proveniente de Goa, na Índia, mas ele recusou-se a usar essa informação, "para não confundir os leitores". De igual modo, desistiu de fazer qualquer trocadilho com as abrasileiradas ressonâncias do nome da filha de Charles Dupret.

Embora seja certo que o pensamento gosta, por vezes, de avançar por caminhos nem sempre rectilíneos, mas paralelos, oblíquos, elípticos e até circulares, penso não valer a pena deter-me em particular na atitude do jornalista em questão. É que, sendo igualmente certo que todo o ser humano é contraditório, os jornalistas, por lidarem com a fugacidade da existência quotidiana, são-no, indubitavelmente, de maneira mais frequente e reiterada, de tal sorte (ou azar) que muita gente tem esses briosos profissionais na conta, vamos dizê-lo, de meros aldrabões. A verdade é que, a partir dali, os acontecimentos precipitaram-se irremediavelmente, até ao fatídico dia já anunciado no início desta estória, quando — era o que faltava dizer — o estilista foi visto em plena Mutamba, em cima de uma espécie de passarela colocada sobre uma fila de cinco contentores de lixo, disfarçado de Michael Jackson, com um pedaço de *gadus morrhua* em cada mão, ensaiando uma coreografia absolutamente original.

Nesse preciso momento, e tal como já disse, a mãe dele, que há anos padecia de uma febre sem cura, tombou a cabeça para o lado, enquanto murmurava, *Até que enfim!...* Mas foi do periquito, esse bicharoco ladino, cuja presença eu já tinha brevemente referido, mas que só agora resolveu intrometer-se neste relato, o comentário mais inusitado, feito, como não podia deixar de ser, com aquela vozinha esganiçada que todos lhe conhecemos:

— *Deve ser do efeito estufa! Deve ser do efeito estufa!*

# O homem que nasceu para sofrer

## 1

Esta é a última viagem que José Carlos Lucas faz, mas ele ainda não o sabe. Por enquanto, está sentado na pia do WC do avião que o leva de Luanda para Lisboa, experimentando uma extraordinária sensação de alívio, à medida que uma abundante carga semi-pastosa abandona em jorros o seu organismo, o ritmo das suas contracções abdominais vai diminuindo consideravelmente e os suores frios vão, pouco a pouco, desaparecendo. As cólicas tinham-no acometido poucos minutos antes, sem qualquer explicação aparente, pois não comera absolutamente nada nas últimas horas. Tinha acabado de entrar no avião e, depois de se ter acomodado perto de um casal de velhinhos, foi assaltado por aquela dor terrível, que nem lhe deu tempo de pedir à hospedeira o habitual uisquinho de que tanto gostava: levantou-se quase de um pulo e, tropeçando entre as pernas do casal de velhinhos, que chegou a assustar-se, mas apenas por um instante, correu para a casa de banho, sentou-se na sanita e começou a aliviar completamente a carga que levava no aparelho gastro-intestinal.

Terminada a operação, que levou cerca de quinze minutos, premiu com satisfação o fluxómetro, para expulsar os pesados odores do exíguo compartimento, antes de proceder aos habituais cuidados higiénicos. De repente, entrou em pânico. Soergueu-se ligeiramente da pia, afastando as nádegas para um dos lados, a fim de espreitar para baixo. Nada! A merda tinha desaparecido completamente! A sanita estava como nova, limpinha em folha! Não hesitou e pôs a própria mão no ânus, em busca de qualquer coisa. O seu desespero aumentou ainda mais, pois apenas achou alguns restos líquidos da pasta que acabara de expulsar. Não tinha nada de sólido no cu, o que o deixou possesso. Pôs-se a bater nas paredes com as mãos ainda sujas de merda líquida, enquanto gritava:

— *Foda-se!, foda-se!, foda-se!*

## 2

José Carlos Lucas não quis acreditar. Aquela era a sua última oportunidade. Ele já não era novo e, depois que não tinha sido definitivamente aceite na petrolífera americana, por causa da informação negativa prestada à direcção pelo responsável do seu estágio — um português racista que protegia descaradamente os seus patrícios em detrimento dos quadros angolanos —, e que a única mulher que amara o tinha abandonado, decidira pela primeira vez realizar algo arriscado na vida, pois só isso poderia, finalmente, depois de tantos azares, trazer-lhe a felicidade que tanto buscava, embora sem grandes alardes. Na realidade, ele sempre fora ponderado, nunca tinha tido exigências descabidas em relação a si próprio, ou melhor, sejamos mais exactos, para si próprio, e, portanto, o seu nível de reclamações existenciais, digamos assim, também era bastante tolerável; aliás, o seu axioma preferido era aquele segundo o qual a vida dá muitas voltas. O que ele não sabia, contudo, é que as voltas da vida podem, na realidade, ser infindáveis. A roleta russa da vida tem-nos a todos seus prisioneiros, viciados ou não viciados, como ele podia constatar, agora, observando, com a expressão mais derrotada que o leitor puder imaginar, aquela pia completamente limpinha, sem qualquer vestígio das suas fezes...

O que é que se passa comigo, caralho?! Tenho quarenta anos e toda a gente me pergunta quando é que faço sessenta. Nem sequer sou mulato, mas tenho uma cor parda, tipo papel de embrulho. Além de acinzentados, os meus cabelos são ralos e frágeis, como penas de galinha velha. Os meus olhos parecem estar sempre escondidos no fundo destas espessas olheiras. Mas, sobretudo, o que eu sou mesmo é um azarado!... Por mais que tente, nada dá certo comigo!...

(Aqui entre nós, José Carlos Lucas, embora não o soubesse, estava profundamente equivocado, o que, tratando-se de uma apreciação sobre ele próprio e não sobre qualquer terceira pessoa, pode, em princípio, ser considerado um estranhíssimo e até mesmo perigoso paradoxo. O que se passa, na verdade, é que, assim como a vida dá muitas voltas, está igualmente repleta de paradoxos. O mais grave deles, embora também o mais corriqueiro, é que a esmagadora maioria das pessoas conhece melhor os outros do que se conhece a si mesma. Não fora isso e

José Carlos jamais diria de si próprio ser um azarado. O que ele talvez não saiba é tão-somente como enfrentar as voltas da vida. Será ele um fraco? Não sei. Seja como for, não me parece justo, quando a estória mal começou, aplicar-lhe desde já este rótulo tão comprometedor...)

É isso mesmo: azarado, mil vezes azarado!... E ainda diz a Maria de Lurdes que eu sou um fraco, que não tenho ambições, que não luto pelos meus objectivos!... Segundo ela, eu tinha de lhe mostrar ser capaz de lutar pela nossa felicidade e

— *Olha, Maria de Lurdes, olha para onde foi a nossa felicidade! Espalhada no espaço, misturada com merda, a não sei quantos milhares de quilómetros de altura!...*

## 3

(Vale a pena, creio, observar mais de perto essa palavra que José Carlos Lucas acabou de utilizar: *felicidade*. Açucarada e por todos apreendida como redentora, constitui, porém, uma das mais gelatinosas e traiçoeiras palavras jamais inventada pelos homens, qualquer que seja a língua em que se comuniquem. Com efeito, a esmagadora maioria das pessoas que se que julga feliz e plenamente realizada restringe esse extraordinário conceito — em nome do qual, inclusive, os homens são capazes de matar — a um rol extremamente escasso de reivindicações, o que poderia ser considerado outro paradoxo.

(Assim, para elas, ser feliz é ter logrado um bom emprego, descoberto o amor da sua vida, trazido ao mundo filhos saudáveis e obedientes, conseguido manter, apesar de todas as makas, um núcleo de amigos prontos, como se costuma exageradamente dizer, para todas as ocasiões e, *last but not the least* [pomposa expressão, de matriz *british*, que quer dizer exactamente a mesma coisa que a palavra *desquebra* entre os angolanos, nome pelo qual é conhecido um povo ignorante localizado a sul do Equador e que se está a matar há quase meio século], possuir ainda algum dinheirinho para acudir às doenças ou satisfazer alguma pequena extravagância. Acontece que, e sem mencionar, sequer, os mais de 60% de habitantes do nosso planeta que sobrevivem com um dólar diário [se desses, como cruelmente ensina o chamado senso comum, não reza a história, por que há-de rezar a literatura?], qualquer estatística minimamente isenta demonstraria que a maior parte da humanidade que tem a pretensão de ter alcançado a felicidade já desistiu de lutar e de sofrer, ou seja, não passa de um bando de acomodados.

(Disse-me um tipo, certa vez, utilizando palavras menos ambíguas, que ser feliz é, por exemplo, desistir do emprego no momento em que o patrão menos o espera ou ter a coragem de deixar de cumprimentar a própria mulher de manhã e passar a olhar para as outras descaradamente no meio da rua, mas — lembro-me agora — não tive tempo, na altura, para aprofundar a conversa com ele, sobretudo — o que, quero crer, interessaria no mínimo a algumas leitoras — no que toca às implicações dessa tese em matéria, como é mister escrever-se nos tempos actuais, de género. De todo o modo, o ponto em que pretendo insistir é que a felicidade como estado geral, abstracto, imutável e eterno não existe; a felicidade manifesta-se por intermédio de algumas aparições ao longo da vida de cada ser humano, pelo que é preciso muita atenção para capturá-las e saboreá-las; em regra, os que se dizem infelizes são simplesmente desatentos, pois, de tanto esperarem pela felicidade global, nunca estão preparados para agarrar pelo pescoço as manifestações de felicidade particular com que se cruzam antes de irem desta para pior).

— *Nem Deus é feliz!, Maria de Lurdes, nem Deus é feliz! Como é que ele pode ser feliz diante de obra tão imperfeita?! Como é que ele pode ser feliz, se eu, que também sou seu filho — ou não sou? —, sou tão inacabado, tão sem sorte, tão desgraçado?! Eu não passo de um azarado, Maria de Lurdes! Eu não passo de um infeliz!... E agora, Maria de Lurdes, e agora?...*

## 4

Pede-nos Deus: sejam compassivos com José Carlos Lucas, meus filhos! É claro que Deus pode ser compassivo, pois ele, ao contrário de nós outros, simples mortais, não precisa de demonstrar nada. Se, por exemplo, o leitor for acusado de ter furtado alguma coisa, terá, obviamente, de demonstrar a sua inocência. Pelo contrário, Deus não precisa de demonstrar que as gravíssimas acusações feitas contra ele por José Carlos — por exemplo, a delirante afirmação de que, afinal, a chamada obra divina é imperfeita e inacabada ou a sub-reptícia insinuação de que há pelo menos um ser vivo que não é seu filho — são, obviamente, falsas, pois, para isso, tem um batalhão de teólogos de plantão. Por isso, Deus pode ser compassivo com José Carlos Lucas.

Além disso, ele tem uma vantagem suplementar em relação a nós: já conhece Maria de Lurdes. Nascida em Cabinda, filha de pai cabo-verdiano e mãe congolesa, possui ainda remotos laços que a ligam, pela lado paterno, à região das Beiras (um dos vértices do triângulo onde, segundo um jornalista lusitano, ainda hoje, em plena era da Internet, resiste a portugalidade, seja lá o que isso for...) e outros, mais remotos, para não dizer remotíssimos (embora especialmente visíveis nos olhos escuros e profundos, aos quais, queiramos ou não, a palavra *mistério* está condenada a ser associada), que fincam as suas raízes mais sólidas, pelo lado materno, na região dos Grandes Lagos, entre o Uganda, o Ruanda e o Burundi. É verdade que os defensores da autenticidade (angolana, tutsi, lusitana ou qualquer outra) não gostam muito dessas misturas, mas o que se há-de fazer, se os escritores e outros seres marginais teimam em lembrar que elas existem e, inclusive, são muito mais numerosas do que supõe a vã ilusão tradicionalista? Deus, quando a conheceu, não pôde deixar de evocar a canção do Mukenga: — *"Mulata de virar olho..."* Enfim, sejamos compassivos com Deus, pois a ele tudo é permitido...

Se José Carlos Lucas conhecesse a segunda estrofe da canção acima referida (*"...Caiu no lamaçal, uaué!..."*), teria fugido a sete pés, quando conheceu Maria de Lurdes.

Ela aparecera uma sexta-feira à tarde na petrolífera onde ele estava a estagiar e logo nessa noite recebeu-o na cama dela, de onde José Carlos só sairia na manhã seguinte. Bem, é evidente que Maria de Lurdes não foi à petrolífera buscá-lo propositadamente para levá-lo para a cama, até porque nem sequer o conhecia. Foi lá ter com um francês — cujo nome será mais adiante revelado, pelo simples facto de que o narrador ainda não sabe como baptizá-lo — com quem andava há mais de um ano e que já não aparecia há cerca de duas semanas. Mas José Carlos não sabia disso. Apenas a viu passar e, como já era praticamente hora da saída, resolveu esperar por ela, pois nesse dia sentia-se terrivelmente só e disponível para qualquer coisa que jamais tivesse feito na vida.

Além disso — reconheça-se —, o efeito causado no seu metabolismo por aquela bunda perfeita, devidamente arredondada e volumosa, mas sem exageros, trepidando sobre as duas pernas sólidas e lisas de Maria de Lurdes, de um castanho extraordinário, a caminho do preto (mas um preto totalmente diferente, brilhante e aveludado, normalmente identificado por uma palavrinha que em mim, pelo menos, faz ressoar determinados ecos orientais: *azeviche*), as quais se davam a apreciar, generosamente, desde o meio das coxas, foi tão fulminante, que ele não teve forças — acreditem! — para sair do lugar. Sim, é claro que eu sei que esta cena é tão velha como a humanidade, mas o que importa isso, realmente, se há certos fenómenos naturais que continuam, até hoje, a ter os mesmos efeitos sobre o espírito frágil dos homens?

80

Além disso, e se acham que a literatura apenas deve lidar com o inverosímel, anotem aí: Maria de Lurdes, depois de, naturalmente, ter olhado de alto a baixo para José Carlos Lucas, com a mais acintosa lentidão de que foi capaz na altura, resolveu aceitar o atabalhoado convite feito por aquele homem desconhecido, de uma tonalidade meio acinzentada, para levá-la a casa. No dia seguinte, quando ele se foi embora, prometendo voltar para levá-la a almoçar e disposto, pela primeira vez, a enfrentar o mundo, Maria de Lurdes pensou: — *É melhor do que nada!*

## 5

Pensa outra vez José Carlos Lucas, ainda no WC do avião, a caminho de Lisboa: — *E agora?, Maria de Lurdes, e agora?...*

Até hoje, custa-lhe acreditar nas voltas que a vida dele já deu, depois de ter conhecido a Maria de Lurdes. Na sexta-feira em que ela apareceu na petrolífera, ele estava lá há pouco mais de um mês e o responsável do seu estágio acabara de fazer uma informação altamente favorável sobre o seu desempenho. Se tudo corresse bem, era só aguentar mais dois meses, mais ou menos, até ser admitido definitivamente, para, depois, assumir o cargo de chefe do Armazém Geral, que já lhe estava prometido pelo engenheiro Pedro Disengomoka. Este era um velho amigo, do tempo da guerrilha, do seu primo-como-irmão Lucas José e ocupava agora um lugar de direcção na companhia — que prometera começar a angolanizar paulatinamente o seu quadro de pessoal —, pelo que, em princípio, não haveria problemas. Além disso, ele sentia-se realmente capacitado para o lugar, como o próprio responsável pelo acompanhamento do seu estágio já tinha atestado. Finalmente, quando se aproximava dos 40, estava prestes a ter um emprego de jeito, que lhe permitiria começar a organizar a vida.

Com efeito, até àquela altura, José Carlos Lucas não tinha tido muita sorte. Para falar mais exactamente ainda, nem sequer se preocupava com isso. Antes do 25 de Abril, não tinha conseguido acabar o antigo sétimo ano, pois, como os seus pais morreram num acidente de trânsito, teve de interromper os estudos e começar a trabalhar. Em Maio de 1974, mais ou menos um mês depois do 25 de Abril, tinha tudo acertado com um grupo de amigos para se juntar ao MPLA, no Mayombe, mas (não pediram factos inverosímeis?) acordou tarde e acabou por não ir, perdendo, talvez, a oportunidade de ser hoje mais um general, como todos os seus amigos.

Quando os guerrilheiros entraram em Luanda e começaram a tomar conta do país, o seu primo Lucas, que era comandante, convidou-o para ir trabalhar com ele numa das empresas estatais então criadas, mas, talvez premonitoriamente, José Carlos recusou-se, preferindo continuar a trabalhar como funcionário público. Mas ao saber, pela rádio, que os funcionários públicos, afinal de contas, eram todos uns pequeno-burgueses contra-revolucionários e que estavam a ser acusados por um inflamado comissário provincial pela falta de hortofrutícolas no país, achou mais prudente tentar outro emprego: começou então a dar aulas numa escola primária, onde se manteve até aos anos 90, tendo tido, pelo menos, a vantagem de não ter ido à guerra. Como nunca foi de fazer ondas, não se queixou. Contudo, depois que os ares se tornaram menos pesados, no início dos anos 90, e visto, também, que iria entrar em breve "na casa dos entas" (*"A partir dos 40, já não há retorno!"*, diziam-lhe os amigos. *"É só 50, 60, 70, 80, 90... até à cova!"*), decidiu começar a cuidar da vida. A primeira providência foi pedir ao primo Lucas que lhe arranjasse um furo naquela nova petrolífera americana que iria abrir as suas portas. O primo tinha realmente conhecimentos e conseguiu-o.

É incrível: nessa altura, tudo me parecia tão promissor! Só faltava mesmo uma mulher!... (Explique-se rapidamente: desde que a Manuela, sua namorada desde os tempos do Liceu, o deixou, para se juntar a um comandante do MPLA, José Carlos Lucas nunca mais tinha arranjado uma namorada digna desse nome; realmente, quase vinte anos depois, já era tempo de começar a pensar nisso...). Assim:

Quando conheci a Maria de Lurdes, pensei, francamente (não se riam, por favor!), que ela tinha caído do céu! A sua beleza cegou-me, literalmente (mais literalmente do que imaginas...)! Começámos logo a sair e a fazer planos. Por enquanto, ficaríamos assim, cada um na sua casa (na verdade, a casa dela era um pequeno anexo no Maculusso, de onde eu queria que ela saísse rapidamente, mas ela retorquiu que só sairia dali depois de casada, o que eu aceitei, sem dificuldades), mas come-

83

çámos imediatamente a tratar dos papéis do casamento, para que dali a dois meses, aproximadamente, quando eu fosse nomeado chefe do Armazém Geral, nos casássemos; inicialmente, poderíamos ficar no meu apartamento, que tinha dois quartos e dava perfeitamente para começarmos a vida, mas a nossa expectativa é que a companhia me arranjasse também uma vivenda, nem que fosse a do actual chefe do Armazém Geral, que deveria deixar Angola no fim do seu contrato e que, segundo o engenheiro Pedro Disengomoka, seria por mim substituído. Estava tudo certo entre nós, quer dizer, entre mim e a Maria de Lurdes, de tal modo que eu acreditei que, enfim, poderia ser feliz e deixar algo para os meus filhos (a única diferença, a que na altura eu até achava uma certa piada, era que, enquanto eu dizia que dois filhos bastavam, ela queria ter doze, pois na sua família era assim!...).

6

Isso era o que pensava José Carlos Lucas. Porém, a realidade, nua e crua, era muito diferente. Como seguramente estais lembrados, ele não conhecia o motivo que levara Maria de Lurdes à petrolífera, naquela sexta-feira à tarde em que se conheceram, mas, como também já o revelei, ela foi à procura do seu amante francês desaparecido há duas semanas. Posso acrescentar, agora, que os seus passos não foram conduzidos até lá pela saudade, pela paixão ou até mesmo pelo ciúme, mas por uma razão de natureza mais prática e comezinha, embora grave: o sacana (adjectivo inevitável no caso a seguir descrito) do francês ainda não lhe dissera absolutamente nada acerca do filho que, anunciara-lhe ela duas semanas atrás, tinha plantado na barriga dela; tendo deixado abruptamente de falar quando recebeu a notícia, inventou uma desculpa qualquer para sair mais cedo e desapareceu até àquele dia em que Maria de Lurdes decidiu procurá-lo pessoalmente.

O mais grave é que naquela empresa nunca tinha trabalhado nenhum francês chamado Pierre Yves, moreno, de estatura média e bigode de serapilheira. Maria de Lurdes quis começar a xinguilar ali mesmo, mas, tendo concluído que não lhe dava muito jeito, pelo menos com aquela minissaia, resolveu sair, xingando mentalmente o cabrão do francês até à raiz mais profunda da puta que o pariu. Foi então que ouviu alguém oferecendo-se, aparentemente, para lhe dar uma boleia. Olhou para aquela voz saindo de uma espécie de limbo e pensou, de acordo com a sua experiência, que, por vezes, levar um gajo para a cama ajuda a desanuviar.

No dia seguinte, já tinha um plano perfeitamente arquitectado na cabeça. Aquela figura cinzenta que lhe caíra na rifa seria, por mais estranho que isso possa parecer, a solução para o seu problema. Estava resolvido: iria atribuir-lhe a paternidade da criança. Como ela só estava grávida há um mês, isso não seria, em princípio, difícil. A única maka, possivelmente, é que o francês era branco e o homenzinho que agora se despedia dela no portão do anexo, prometendo voltar à hora do almoço, era preto. Se acaso ela conhecesse um pouco mais cientificamente os mistérios da mestiçagem, não estaria tão preocupada assim e, muito provavelmente, agradeceria ao Criador, de modo espontâneo e sincero, o facto de ser mulata (mesmo escura). De qualquer forma, Maria de Lurdes era uma pessoa pragmática, pelo que — *Quando o bebé nascer, arranjo uma explicação qualquer!*, decidiu.

A vida, porém, além de dar muitas voltas e estar repleta de paradoxos, também se caracteriza, como diria Vinícius, pela frequência dos seus desencontros. O que se passa é que, mesmo quando duas pessoas se cruzam, como se cruzaram José Carlos Lucas e Maria de Lurdes, raramente os respectivos cronómetros individuais estão devidamente sintonizados e harmonizados. Por outras palavras: coincidências não são necessariamente encontros! É por isso que as coisas não correram exactamente como cada um deles tinha mentalmente programado...

## 7

— Tenho uma notícia para te dar!

— Também eu, sabes? Que coincidência...

— Ah, é!? Quem dá primeiro, então?

— *Ladies, first...*

— Lhe diz quê?!...

— *Ladies, first...* É uma expressão inglesa, meu amor. Significa *"As senhoras, primeiro..."*. Quer dizer que estou à espera da tua notícia!...

Ela estava grávida. Um mês, mais ou menos. Sim, claro, tinha a certeza. Será que ele não gostara? Queria que ela tirasse o bebé? Ah, bom... O que diria ela à família? Além disso, não estava ele de acordo, por acaso, que também já estava na altura de ter um herdeiro?

Maria de Lurdes ainda não sabia, mas, na verdade, José Carlos debatia-se, no seu íntimo, entre sentimentos contraditórios. Por um lado, e obviamente, como parece adequado dizer, estava muito satisfeito, exultante, mesmo, com a notícia de que, finalmente, iria ter um filho. Mas, por outro lado, a verdade é que essa mesma notícia que era capaz de alegrá-lo assim tanto e perante a qual, por conseguinte, ele poderia simplesmente começar a dar pulos de satisfação, tinha igualmente o terrível condão de mortificá-lo do modo particular como o fazia naquele instante, de tal forma que ele não conseguiu exteriorizar nenhuma manifestação mais veemente, a favor ou contra o filho anunciado pela namorada, limitando-se a balbuciar algumas palavras enroladas e confusas, que ela não sabia se eram perguntas, dúvidas ou até mesmo questionamentos. Se tivéssemos tempo, poderíamos agora desviar-nos um pouco para tentar reflectir sobre as razões que, em regra, levam os homens (e as mulheres) a esquecer essa democrática norma da natureza, segundo a qual todos os factos têm mais do que uma face, pelo que analisá-los somente a partir de uma delas pode conduzir ao fundamentalismo ou ao fascismo, mas José Carlos Lucas resolveu, depois de alguns segundos de hesitação, dizer uma coisa mais concreta:

— O problema não é esse, Lu...

— Não é?! Então qual é, homem? Desembucha!...

Contado, ninguém acredita: contra todas as previsões e garantias, a direcção da petrolífera decidira dar por findo o estágio de José Carlos Lucas e dispensá-lo, por falta de aptidões para o lugar. O relatório final do responsável pelo acompanhamento do seu estágio foi categórico: apesar de algumas indicações favoráveis demonstradas no início, o candidato acabou por revelar uma total inadequação às funções para as quais estava a ser treinado, dentro da perspectiva de angolanização dos quadros da companhia, pelo que não se pode, lamentavelmente, recomendar a sua admissão, tomando desde já o signatário a liberdade de sugerir, a fim de impedir a criação de vazios na cadeia hierárquica da empresa, que o actual chefe do Armazém Geral seja mantido no seu lugar, até à contratação de um quadro nacional realmente capaz de substituí-lo. Diante disso, o engenheiro Disengomoka nada podia fazer, ele que tivesse paciência, pois a sua margem de manobra, apesar de director, não era tão grande assim, uma vez que, afinal, tratava-se do único director angolano contra cinco estrangeiros (mais palavra, menos palavra, foi o que ele começou por dizer, antes de, seja como for, prometer ajudá-lo a arranjar outro emprego, pois, como africanos, eles deviam ajudar-se uns aos outros, José Carlos Lucas era primo-como-irmão do seu companheiro de guerrilha Lucas José, ser primo-como-irmão, em África e, portanto, em Angola, é mais importante, por vezes, do que ser simplesmente irmão, detalhe que ele, Pedro Disengomoka Isabel, iria, naturalmente, levar em conta).

Até aqui, os factos não parecem exageradamente escabrosos. Com efeito, não é a primeira vez que um trabalhador promissor se revela, posteriormente, um autêntico capadócio, sendo legítimo, portanto, que as empresas, sejam elas americanas, angolanas ou japonesas, se queiram ver livres desses pesos-mortos, independentemente, também, da respectiva nacionalidade (tratando-se, como no caso vertente, de estagiários, isso é liminarmente facilitado por todas as legislações modernas). Apreciando-se esta situação concreta mais de perto, pode concluir-se, inclusive, que a dispensa de José Carlos Lucas não significou uma ruptura da política da companhia petrolífera em questão de começar a recrutar mais quadros angolanos, pois a sugestão do responsável do estágio a que o mesmo foi submetido foi perfeitamente clara: o actual chefe do Armazém Geral, um português de Freixo-de-Espada-à-Cinta que já tinha renovado o contrato três vezes, seria mantido no lugar *apenas até ao recrutamento de um angolano realmente capacitado para substituí-lo*. Como se vê, portanto, tudo absolutamente normal, como normalíssima também foi a promessa do engenheiro Disengomoka de ajudar José Carlos Lucas a arranjar outro emprego, embora, como não tardaremos a saber, a referida ajuda tenha sido dispensada.

O problema é que o ex-estagiário desconhecia um pequeno detalhe, que agora o vemos contar a Maria de Lurdes. Um pouco depois do primeiro relatório do responsável pelo seu estágio — e quando também já a tinha conhecido —, José Carlos Lucas, o qual, sinceramente, se estava a sentir, pela primeira vez em muitos anos, de

89

bem com a vida, pensou ser razoável e pertinente aproximar-se dele, pois, inclusivamente, achava-o um tipo simpático e cordial, sem quaisquer complexos, nem de superioridade, nem de inferioridade, como deveriam ser todos os seres humanos. Começaram então a frequentar um barzinho simpático situado a dois quarteirões da companhia, onde tomavam umas cervejinhas e foram-se conhecendo um ao outro, contando fragmentos da vida de cada um, falando de Angola, de Portugal, do mundo, revelando planos e projectos, enfim, construindo, aos poucos, uma amizade saborosa e desinteressada. Até que, certo dia, contou-lhe que o seu estágio era mais ou menos uma formalidade, que, segundo o engenheiro Disengomoka, grande amigo de um primo dele, a companhia decidira começar a colocar angolanos em alguns postos-chave e que, quando o chefe do Armazém Geral terminasse o seu contrato, ele iria para o lugar deste último. De modos que

— *Por falar em detalhes, tu sabes realmente por que motivo não foste aceite?*, perguntou-lhe o engenheiro. *Então não sabias que o coordenador do teu estágio é da mesma buala, lá em Portugal, que o chefe do Armazém Geral, uma tal Freixo-de-Espada-à-Cinta? Como é que lhe foste contar que precisamente tu é que serias o novo chefe do Armazém Geral?*

Maria de Lurdes atirou-se contra aquele homem cinzento, com vontade de matá-lo a chapadas.

— *E agora?, Lucas, e agora?*

# 8

José Carlos Lucas continua sentado na pia, a bordo do avião da TAAG que segue a caminho de Lisboa — cidade que ele, apesar de já ter quarenta anos, ainda não conhecia, mas para onde resolvera ir à procura de Maria de Lurdes, para lhe mostrar que era um homem, sim, senhor, capaz de suplantar todos os azares que já lhe tinham sucedido e dar-lhe a vida digna que lhe prometera logo no primeiro dia em que ela o levou para a cama —, mas mesmo agora, tantos meses depois, e sobretudo após o que acabara de acontecer, não sabe o que responder. A sua cabeça, que ele já não domina mais, está muito longe dali: voou, sem ele se dar conta, aproveitando-se, talvez, do seu estado de total desalento, até à imensidão fantástica das Lundas, no nordeste de Angola, região onde floresce um dos mais extraordinários garimpos de diamantes do nosso planeta; o verbo *florescer* — note-se — é aqui utilizado intencionalmente, pois a imagem que o narrador tem da zona de garimpo das Lundas é a de uma belíssima e impressionante sequência de fotografias aéreas, que mostram milhares e milhares de garimpeiros cá em baixo, como se fossem cogumelos, escavando febrilmente a terra, em busca das pequenas pedras que para sempre, segundo esperam esses homens miseráveis provenientes não apenas de Angola, mas também dos países vizinhos e não só, hão-de redimi-los de todas as suas desgraças e pecados, os cometidos e os por cometer; por outro lado, o verbo escolhido permite também dar a ideia do dinamismo dessa arriscada actividade que é o garimpo, do incrível fervilhar de homens, máquinas, dinheiro, sucessos, dramas e estórias que o acompanham ou que a propósito do mesmo são inventadas, pelo menos enquanto as áreas garimpadas não se transformam em imensos desertos, depredados, exangues, esquecidos, retirados indelevelmente dos mapas.

Espero, entretanto, que esta descrição, assim como os comentários com que procurei enfeitá-la, não tenha feito os leitores olvidar uma pergunta absolutamente essencial, neste ponto do relato: qual a razão de ser do inesperado voo da aturdida cabeça de José Carlos Lucas até às Lundas, quando o avião em que vai o levará a conhecer pela primeira vez a cidade de Lisboa, também conhecida como a "cidade branca", mas por razões bem diferentes, claro, daquelas que, como uma centelha inconsequente, passam pela mente desse "homem cinzento" (como a ele se refere, intimamente, Maria de Lurdes)?

O que se passou foi o seguinte: apenas dois dias depois da desencontrada conversa entre José Carlos Lucas e Maria de Lurdes, o primeiro encontrou um envelope debaixo da porta do apartamento, com um bilhete insuportavelmente breve:

— *Quando tiveres condições de me dar a vida que me prometeste, aparece!*

A partir daí, foi tudo muito rápido. José Carlos dirigiu-se ao anexo onde vivia Maria de Lurdes, mas uma adolescente de cerca de 15 anos — que, embora ele nunca tivesse visto, lhe fazia vagamente lembrar alguém — disse-lhe, *"A mãe foi para Lisboa. Disse que prefere ser puta no Elefante Branco do que ficar à espera de um angolano falhado!*", o que, espantosamente, não o deixou desesperado. Pela primeira vez, entendeu o que a vida, até então, lhe tinha estendido no caminho, como um tapete de autênticas rosas vermelhas, com espinhos, é certo, mas rosas: *desafios*. Por conseguinte, resolveu aceitar os acontecimentos como um desafio, pois intuiu que esse era o primeiro passo para enfrentá-los e dobrá-los. Em menos de uma semana, tinha-se juntado à multidão de garimpeiros de todas as origens que escavava o território da Lunda Norte à procura de diamantes, pois tinha de enriquecer rapidamente, a fim de ir buscar Maria de Lurdes a Lisboa, onde quer que ela estivesse. Até que teve sorte, pois, seis meses depois, já tinha conseguido um bom lote de diamantes, com o qual iria recomeçar a vida outra vez. Ou começar, tanto faz. Na altura, ele já não estava mais para grandes e complicadas auto-análises, o que lhe importava era que, enquanto outros passavam uma vida inteira no garimpo e regressavam de lá mais pobres e miseráveis do que tinham ido, ele tinha conseguido resolver o seu problema em apenas seis meses...

José Carlos Lucas olha novamente para as mãos, ainda sujas de merda. Volta a espreitar para baixo, mas a sanita está limpinha, tal como, supõe ele, a fabricou um operário qualquer, que jamais poderia adivinhar que precisamente aquele exemplar seria, um dia, testemunha de um drama terrível: os diamantes que José Carlos Lucas engolira, para fugir à fiscalização da polícia, tinham-se evaporado pela pia abaixo, juntamente com alguns quilogramas de merda pastosa que o mesmo não conseguira reter até ao destino. A crise de cólicas que o acometera tinha sido tão fulminante, que ele esquecera-se da preciosa carga que levava no estômago. Tantos sacrifícios passou ele nas Lundas, tantas coisas inenarráveis, para tudo acabar assim, misturado com a sua própria merda perdida no espaço, sabia-se lá em que ponto do globo!...

— *Foda-se!, foda-se!, foda-se!,* recomeça novamente José Carlos Lucas a berrar, enquanto bate na parede do WC.


## 9


Agora, José Carlos Lucas está encostado a uma das amuradas da Ponte 25 de Abril, sobre o rio Tejo, em Lisboa. Vagarosamente, olha ao redor, tentando descobrir algum sinal que lhe diga o que fazer. É admirável como a consciência, quando não consegue projectar nada nem sequer um palmo à frente do nariz, tem a capacidade de regressar até às mais longínquas regiões do passado, permitindo sem protestar que as suas funções sejam substituídas pelo trabalho da memória! A comprová-lo, José Carlos chega à desconhecida província angolana do Kuando Kubango, onde nasceu. Lembra-se dos seus tempos da escola primária, antes de ir para o Bié fazer o secundário e dali para Luanda. Tem saudades da mãe e do pai. Como é que chegara até ali, isto é, até àquela cidade cujas colinas não lhe dizem absolutamente nada e onde Maria de Lurdes deve estar, seguramente, a carecer do socorro dele? Gastara até ao último cêntimo os dólares que tinha levado de Luanda, mas não tivera absolutamente nenhuma notícia dela! De certo modo, talvez tivesse sido melhor assim, pois como é que iria explicar-lhe o seu derradeiro fracasso?... José Carlos Lucas olha para baixo, lentamente. Quando se lança da ponte, certo de que, pela primeira vez, Maria de Lurdes não se rirá dele, a sua única dúvida é se as águas do Tejo são tão frescas e acolhedoras como as do rio Menongue, lá no Kuando Kubango, de onde nunca deveria ter saído.

# Ngola Kiluanje

*Ao Ruy Duarte de Carvalho*
*e ao Arlindo Barbeitos*

— *Mi fodje!, Ngola Kiluanje, mi fodje! Mi fodje, seu nego!...*

Estas palavras, proferidas em tom suplicantemente imperativo, mas com o doce acento carioca, no português do Brasil (acredito, entretanto, que o tom seria o mesmo se elas fossem eventualmente pronunciadas em qualquer outra língua ou com qualquer outro sotaque, desde que correspondessem à mesma necessidade essencial do corpo e da alma), pertencem a Jussara, uma mulata brasileira, filha de índia com preto, mas com uns olhos enigmáticos, talvez orientais, talvez não (tenho de esclarecer essa dúvida!), e têm o condão de me fazer exaltar de tal maneira que:

— *Ah, queres descobrir as tuas raízes? Então, toma!... Toma!...*

Ainda hoje, quando me lembro do que eu e Jussara dizíamos um ao outro quando estávamos na cama, continuo a achar tudo muito estranho. É verdade que essa circunstância — que acabei de designar, pudicamente, por "estar na cama", quando se sabe que aquilo que está por trás dessa ridícula expressão pode acontecer, passe o exagero, num milhão de outros lugares, além da cama —

sempre foi propícia não apenas às loucuras mais impublicáveis, como também aos actos e manifestações mais irresponsáveis que se possa imaginar. É nesse lugar (melhor, nessa circunstância), por exemplo, que somos levados, movidos sabe-se lá por que impulso auto-destrutivo, a fazer promessas que, mais cedo ou mais tarde, serão utilizadas contra nós. Outras vezes, chegamos mesmo a tomar decisões escatológicas, como matar os filhos ou o cônjuge legítimo, pelo menos em pensamento (nestes casos, felizmente, nada como o ar da rua para nos fazer mudar de ideias!...).

Não é, porém, a essas loucuras, nem a essas atitudes irresponsáveis, nem tão-pouco a esses assomos de, digamos assim, vocação criminosa — lembro-me de um filme francês, cuja tese era a de que todo o ser humano é, no fundo, um *petit bandid...* — que eu me refiro. O mais estranho de tudo é que eu sou branco e sou angolano. Além disso, chamo-me António Manuel da Silva e não Ngola Kiluanje, como a Jussara me apelida, nos seus momentos de entusiasmo sexual (a palavra "tesão", tal como a utilizam os brasileiros, talvez fosse mais apropriada, mas parece que em Angola ela ainda não foi — como é que vou dizê-lo? — *descriminalizada...*). Naturalmente, como angolano, embora branco, conheço a história de Ngola Kiluanje — aliás, eu é que falei à Jussara nessa figura —, mas nunca tive necessidade de adoptar esse ou qualquer outro nome semelhante para assumir a minha identidade angolana.

Eu disse *"angolano, embora branco"*? Saiu-me. Não, não é um acto falho. A questão é mais complexa. Desde logo, e se, por um lado, é de admitir que muitos brancos nascidos ou criados em Angola não se assumem como tal — o que, aliás, explica por que muitos deles deixaram o país depois da independência —, é igualmente verdade, por outro lado, que a maioria do povo não nos aceita como autênticos angolanos e ainda acredita que todos os brancos são colonos, mesmo que tenha havido alguns que, inclusivamente, lutaram de armas na mão contra o colonialismo (o que não é o meu caso, pois já não sou dessa geração). Além disso, afirmar que todos os brancos que se foram embora após a independência não se assumiam como angolanos é, reconhecidamente, simplificar a história (como justificar, então, a fuga do país de milhares de angolanos de todas as raças, mas a maioria pretos e mulatos, a partir da segunda metade dos anos 80?). De igual modo, e pensando bem (a comparação com outros exemplos históricos pode ser um bom método para isso), tenho dúvidas se é mesmo o povo que não aceita que os brancos também possam ser angolanos ou se não é apenas uma meia dúzia de oportunistas que o instiga a ter sentimentos e práticas racistas.

Enfim, não há dúvidas de que esta questão é altamente complicada, mas será mesmo que eu, quando disse que *sou branco e sou angolano* ou que sou *angolano, embora branco* (duas expressões que, no fundo, acabam por afirmar a mesma coisa), cometi um acto falho? A verdade é que até a Jussara, quando a conheci, se admirou pelo facto de eu ser angolano. *Mas você não é preto!*, desiludiu-se ela. É por isso que, hoje, não posso deixar de me emocionar — a palavra é esta! —, quando ela me chama Ngola Kiluanje.

*

(O narrador-autor tem de pedir ao narrador-personagem, aqui, que não se esqueça do que tem para contar. Acontece que me acabo de lembrar de um conhecido defensor dos direitos humanos local que abomina mortalmente o facto de certos autores escolherem brancos para serem os principais protagonistas das suas estórias, pois isso, segundo ele, é um despudorado atentado à nossa autenticidade. É claro que, a isso, eu poderia opor alguns comentários levemente provocatórios, como, por exemplo: a verdadeira autenticidade angolana é khoisan e não bantu; os brancos chegaram a Angola antes de alguns grupos bantus, como os ovimbundus; o maior escritor angolano nasceu numa buala portuguesa chamada Lagoa do Furadouro... Uma vez que eu prezo muito a minha integridade literária, para não falar da física, deveria, talvez, retirar imediatamente tudo o que acabei de escrever, mesmo correndo o risco de rasurar a história — se gente muito mais responsável do que eu já o fez, por que não haveria eu de fazê-lo igualmente, sobretudo se se tratasse de salvar a minha própria pele? —, mas como olvidar deliberadamente a famosa sentença de Neto, segundo a qual Angola "é uma encruzilhada de civilizações e de culturas"?)

*

A minha história é simples e, possivelmente, não leva mais do que meia dúzia de páginas a contar, ressalvando, contudo, a possibilidade de aquele que se apresentou atrás como narrador-autor pretender, com base nela, escrever uma estória um pouco mais alongada e quiçá fantasiosa. Eu disse *"com base"*, mas talvez seja mais apropriado dizer *"a pretexto de"*, pelo menos a avaliar pelas observações irresponsáveis que o mesmo acaba de fazer no parêntese anterior... Seja como for, confio inteiramente na perspicácia dos leitores, que saberão distinguir entre o mero relato objectivo do meu percurso — eis, tão-somente, o que pretendo fazer — e os comentários de terceiros, seja qual for a reacção do vosso fígado diante destes últimos.

Repito: chamo-me António Manuel da Silva, sou branco e sou angolano. Tenho trinta anos, nasci no Úcua (lugar que poucos leitores, mesmo que também sejam angolanos, conhecerão...) e vivo no Rio de Janeiro. Vivi nesta cidade nos últimos dez anos e, durante esse período, aprendi a amá-la como amo a memória perdida da minha terra natal, mas dentro de dias regresso a Angola. O que vou dizer não é um simples trocadilho: a decisão de regressar já estava tomada, no meu íntimo, no dia em que parti.

Os meus pais são brancos e também já nasceram em Angola. Quando aconteceu o 25 de Abril, em Portugal, a minha família toda — que se resumia, na verdade, aos meus pais, a mim e a mais uma irmã e dois irmãos — estava no Huambo. Se isso tiver algum interesse, posso dizer que constituíamos uma família absolutamente normal. O meu pai trabalhava nos Caminhos de Ferro de Benguela, como chefe de secção, a minha mãe era doméstica (expressão que o narrador-autor não considera politicamente correcta, mas, enfim, deixemos o Silva prosseguir o seu relato) e nós, os filhos, estudávamos (eu estava a meio do ensino secundário, a minha irmã tinha-o iniciado e os outros dois ainda estavam na escola primária).

O 25 de Abril, como se sabe, acelerou o processo de independência de Angola. Digo "acelerou", pois qualquer um que atribua alguma utilidade às lições da história sabe que isso era absolutamente inevitável; por outro lado, é justo observar que a luta pela independência de Angola e das demais colónias portuguesas também acelerou o próprio 25 de Abril (estas duas observações, que poderiam ser antecedidas da epígrafe *"Para que conste"*, tanto podem ser atribuídas ao autor desta estória como à sua personagem). A verdade é que a perspectiva de transformação de Angola num país independente foi encarada pela minha família, a princípio, com bastante naturalidade — nem com pavor, como acontecia à maioria dos outros brancos, nem com exagerada euforia. Agora, à distância, acho que essa tranquilidade estava relacionada com uma frase que eu ouvi algumas vezes o meu pai dizer, sem grandes explicações, quando estávamos à mesa:

— *"Era bom que este país um dia se tornasse livre!"*

Até hoje, os meus pais recusam-se a falar comigo sobre o que aconteceu no Huambo, naquela época. Eu tinha apenas catorze anos e, por isso, não posso explicar-lhes por que motivo tivemos de sair de lá, às pressas, num avião português, que nos levou para Lisboa, uma cidade que, obviamente, sabíamos existir, mas que na realidade nenhum de nós (nem eu, nem os meus pais, nem tãopouco os meus irmãos) conhecia. Não sei se por isso ou por alguma outra razão, mais inexplicável, a minha mãe chorou a viagem toda. Quanto ao meu pai, evitou terminantemente responder às minhas insistentes e repetitivas perguntas acerca do destino daquela estranha viagem, limitando-se a olhar para mim — sei que o que vou dizer é muito esquisito, mas a minha impressão, na altura, era essa!... —, como se me odiasse profunda e visceralmente. Desde então, o seu olhar adquiriu um brilho sanguíneo e duro, que nunca mais o abandonou.

Estivemos em Lisboa tão pouco tempo — menos de um ano —, que esse período da minha vida não tem o menor interesse. Aliás, a única coisa de que me lembro, dessa época, é que o meu pai estava cada vez mais duro e a minha mãe, mais triste. Só se ria, rara e vagamente, quando o meu pai chegava a casa e desabafava, referindo-se aos portugueses: — *"Este povo é muito esquisito! Logo de manhã, o dia mal começou, põem-se todos a discutir uns com os outros no autocarro! Como é que podem viver assim, porra?!..."* Evidentemente, tratava-se de uma visão estereotipada (talvez não?), mas ninguém lhe tirava da cabeça que um povo que consegue discutir antes do meio-dia só pode ser um povo infeliz... Até que um dia, estávamos nós a jantar:

— *Temos de sair desta terra. Vamos para o Brasil!...*, anunciou o meu pai.

*

— *A culpa é do oceano Atlântico!...* A Jussara gostava particularmente de fazer esta observação, singela e terna, a fim de encontrar uma explicação para o que acontecia entre nós. Em função do que eu próprio já revelei acerca da minha relação com a Jussara, é fácil de imaginar que muita coisa acontecia entre nós, mas ela resumia tudo isso a uma palavra: *encontro* (é bom não esquecer que essa palavra, além de uma dimensão simbólica, possui também uma determinada dimensão bíblica, que Jussara parecia conhecer...). *Temos de agradecer este encontro ao oceano Atlântico!*, dizia ela. Apesar de óbvia, essa ligação que ela fazia entre as coincidências que nos conduziram um até ao outro e o oceano em causa provocava-me sempre um leve sobressalto no coração, a que podereis chamar prazer.

Quando eu e a minha família chegámos ao Brasil, estava longe de prever, naturalmente, que um dia eu iria conhecer alguém como a Jussara, até porque não fomos logo para o Rio. A primeira cidade brasileira que conhecemos foi o Recife. Mal chegámos, e posto que jamais ali tivéssemos estado, reconhecemos imediatamente essa cidade húmida e aquática, de um sol caloroso e branco, contrastando com a imensidão ora azul, ora esverdeada do mar, para a qual a minha mãe ficou a olhar profundamente — como se, de súbito, tivesse tido uma revelação qualquer —, logo no primeiro dia. Desde então, isso tornou-se numa autêntica obrigação que ela impunha a si mesma todos os dias, sobretudo quando o sol se começava a esconder ao longe, mas só eu parecia conhecer esse seu segredo. Um dia, disse-me ela, como que adivinhando a pergunta que eu não tinha coragem de lhe fazer: — *"Ali em frente é Luanda!..."* Por um instante, tive a impressão de que ela iria começar a chorar, como tinha acontecido no avião que nos levou do Huambo para Lisboa, mas logo um sorriso, que me pareceu sincero e espontâneo, lhe iluminou o rosto.

Ficámos no Recife cerca de cinco anos. Ali terminei o ensino secundário e comecei o meu curso de engenheiro civil. Foi uma época boa. A minha mãe voltou a sorrir e o meu pai tornou-se visivelmente mais relaxado e tranquilo. Por estranho que pareça, até a presença de Angola (pelo menos daquela Angola que carregávamos na memória) nos parecia mais visível e efectiva ali do que em Lisboa, pese o facto de, ainda hoje, ser muito mais difícil obter notícias de Angola no Brasil do que em Portugal (o que, em si mesmo, também não deixa de ser uma contradição, dado o inegável, embora pouco reconhecido contributo dos angolanos para a formação da nação brasileira). Certamente por causa das cores, dos cheiros e, é claro, dos ritmos — a verdade é que essa sensação de familiaridade que experimentávamos entre a cidade que nos acolhera tão amigavelmente e a terra que deixáramos em condições inopinadas era, para nós, uma coisa física e quase carnal. *"Angola devia ser assim!..."*, de vez em quando, esta frase saía da boca do meu pai, a propósito ou não, mas até hoje ainda não a compreendo plenamente.

Em 1980, a minha mãe morreu, de repente (*"Ataque cardíaco!"*, diagnosticou o médico. Tenho perfeita noção de que esse diagnóstico é demasiado previsível, em função de certas atitudes da minha mãe — já descritas — depois que saímos de Angola, mas, e tal como já o tinha dito antes, o que eu pretendo é proceder simplesmente a um relato breve e objectivo do meu percurso pessoal; quanto às especulações, deixo-as com aquele que divide comigo a responsabilidade pela narração desta estória...). O meu pai, então, compreensivelmente desconsolado, resolveu deixar o Recife e vir para o Rio de Janeiro. Quando aqui cheguei tive uma sensação literalmente única! Não, não vou descrever-lhes os detalhes dessa extravagante visão que é chegar ao Rio de Janeiro num dia de céu limpo e sol verdadeiramente esplendoroso, pois isso já é feito, desde que os primeiros homens a descobriram, em relatos, cartas, documentos, poemas, canções, filmes e outros processos, sem esquecer o boca-a-boca (ou *mujimbo*, como se diz em Angola). Quero referir-me é a outra coisa: a sensação que passei a ter, à medida que ia conhecendo esta cidade e, sobretudo, algumas das suas pessoas, que o dia do meu regresso a Angola estava mais próximo do que nunca. O esquisito (no bom sentido) é que essa sensação não resultava de nenhuma oposição à nova cidade para onde a vida me trouxe, antes pelo contrário...

Quando, três anos depois, acabei o meu curso de engenharia, disse pela primeira vez ao meu pai que estava a pensar regressar para Angola. Nesse momento, pude captar um brilho diferente no olhar do meu pai, que logo, porém, o enevoou com uma série de dúvidas e questionamentos, para, como dizem os brasileiros, me fazer "cair na real". Por exemplo: — *"Já pensaste bem?"* Ou então: — *"A nossa terra está muito diferente!..."* Ou ainda: — *"Esqueces-te que aquilo lá continua em guerra?..."* É claro que esses argumentos não convencem ninguém, pelo que um dia ele resolveu fazer-me um longo discurso acerca da integração e do papel dos brancos em Angola, o qual, por ser penoso — embora, confesso, me tenha chegado a abalar —, não vou reproduzir aqui, limitando-me a mencionar a sua tese fundamental: — *"Eles não nos aceitam!..."*, frase com a qual o meu pai esperava realmente que eu, para evocar outra expressão dele, me deixasse de sonhos. Quando constatou que a minha decisão era inabalável, chegou-se ao pé de mim e exclamou: — *"Volta pra lá, filho! Eu é que já não tenho idade para lutar!..."*

*

(Intervenho pela segunda vez, para afirmar que os prurídos do António, que o levam a ocultar os detalhes das suas conversas com o pai, são bastante compreensíveis, por duas razões. Em primeiro lugar, trata-se de uma cautela normal e generalizada, pois, afinal, ninguém anda por aí a revelar aos outros informações que contra si podem ser eventualmente utilizadas. Em segundo lugar, estamos perante um assunto — as contradições raciais em Angola — altamente melindroso e que poucos concordam em abordar com a franqueza e tranquilidade necessárias. Acontece, porém, que esse assunto não tem nada de especial, pois hoje há contradições raciais ou similares um pouco por todo o mundo, caracterizado, há muito mais tempo do que se imagina, pela existência de sociedades pluriétnicas. O drama é quando essas contradições, ao invés de harmonizadas, são utilizadas por uns para dominar outros, esquecendo-se que o grande factor que tem promovido a transformação e o desenvolvimento da humanidade, desde os seus primórdios, são as trocas e complementaridades e não as exclusões. Os leitores têm, portanto, o direito de conhecer o discurso do pai do António, pois só assim poderão entender a sua relutância inicial em aceitar a decisão do filho de regressar a Angola, quinze anos depois de a ter deixado, ainda adolescente. Ei-lo, já devidamente podado das excrescências da linguagem falada:

— *Nós sempre fomos uma família normal, meu filho! Como sabes, não apenas vocês, mas também eu e a vossa falecida mãe já nascemos em Angola. Até ao dia em que aquele avião nos levou do Huambo para Lisboa, nem sequer conhecíamos Portugal... Em todas as cidades de Angola onde vivemos, limitei-me a trabalhar honestamente, para dar à minha mulher e aos meus filhos uma vida decente. Assisti, é claro, a muitas coisas indignas, de fazer doer o coração, mas o que podia eu fazer? Talvez tenham sido essas coisas, no fundo, que me foram levando a pensar, sem eu me dar conta, por vezes, que Angola não poderia continuar para sempre ligada a Portugal... Quando os militares tomaram o poder em Portugal e se tornou evidente que Angola, como as outras colónias, seria independente mais depressa do que muitos imaginavam, pensei que eu e os meus filhos, finalmente, poderíamos contribuir para construir o nosso próprio país, corrigindo o que estava mal e transformando-o, com certeza, numa autêntica potência em África! Mas o que aconteceu a seguir dói-me tanto, ainda hoje, que não gosto sequer de me lembrar disso... Fomos parar a Portugal, nem eu sei como.... Maldito país! Nem eu, nem a vossa mãe o aguentou muito tempo!... Aqui estamos muito melhor... Não sei se é o clima, se são as pessoas — mas isto aqui faz-me lembrar Angola! Quer dizer, a Angola que eu continuo — para quê mentir-te? — a ter na cabeça (salvo, claro está, alguns excessos e distorções, que, aliás, o Brasil também tem, principalmente contra os negros·e contra os pobres...), pois, para falar a verdade, já não sei como é que está a nossa terra... Toda a gente me diz que está muito mudada, para pior, a guerra nunca mais termina, a corrupção está espalhada por todo o lado... É para essa Angola que tu queres regressar? Já pensaste bem?... Há outro problema, meu filho. O colonialismo fez muito mal aos pretos. Eu próprio, como já disse, assisti a coisas terríveis... É natural, portanto, que eles agora não aceitem que os brancos também queiram ou possam ser angolanos, pois, por mais dificuldades que tenhamos em aceitá-lo, o facto é que nós éramos a face visível imediata do colonialismo e da·exploração de que eles eram vítimas, ainda que muitos de nós, nascidos lá ou não, não tivéssemos nada a ver directamente com isso e também já nos sentíssemos tão filhos da terra como os pretos... Mas, segundo me disseram, até alguns brancos que lutaram pela independência do país estão a ter problemas, uns estão a ser presos, outros estão a ser exonerados dos cargos que ocupavam!... Embora eu não seja rancoroso, devo dizer que para alguns deles é bem feito! Na verdade, muitos deles, quando entraram no país, depois do 25 de Abril, tinham um discurso mais radical do que muitos pretos, até parece que que-*

*riam ser mais pretos do que os pretos de verdade!... Sim, meu filho, acredita! Quem é que, por exemplo, antes da independência, começou a questionar a possibilidade dos brancos que permaneceram sob a administração colonial (e até dos mestiços, vê lá!) adquirirem a cidadania angolana? E quem é que, depois da independência, tratou de justificar, com elaborados argumentos históricos e ideológicos, aparentemente incontestáveis, a colocação de uma data de indivíduos mal preparados e incompetentes em lugares de responsabilidade, apenas por serem pretos? Aliás, isso é que destruiu a nossa terra... Ou será que isso tinha de ser mesmo assim? Será que esses brancos a quem foi reconhecida automaticamente a cidadania angolana, "por relevantes serviços prestados à pátria", e que defendiam (nem todos, evidentemente) a tese de que era preciso colocar rapidamente os pretos à frente das instituições é que tinham razão? Nós, os brancos angolanos, que amamos Angola por ser a nossa terra (tenhamos ou não pegado em armas para lutar por ela), temos de nos contentar em ser cidadãos subalternos, do mesmo modo que, durante o período colonial, os outros nos consideravam "brancos de segunda"? Estás preparado para ser "cidadão de segunda" no teu próprio país?*

Na minha qualidade de narrador-autor — se é que essa classificação efectivamente existe... —, está-me vedada, em princípio, a possibilidade de comentar as intervenções das personagens, pelo que deixo isso ao trabalho dos leitores. Confesso, entretanto, que essa interdição é particularmente incómoda, quando as personagens fazem declarações que nós, os autores, não gostaríamos que elas pronunciassem, mas isso — acreditem — é mais comum do que se imagina. Com efeito, raramente as personagens obedecem de forma cega aos desígnios de quem as engendra, antes pelo contrário: escolhem caminhos que não estavam inicialmente traçados, metem-se em problemas para os quais não são chamados, dizem coisas que não devem e chegam mesmo — o que, pessoalmente, considero o cúmulo da desfaçatez — ao ponto de recusar determinados nomes e epítetos ou, então, a inventar outros, por vezes absolutamente surpreendentes! Não vou, portanto, comentar e, muito menos, fazer qualquer juízo de valor sobre o que acabou de dizer o pai do António Manuel da Silva, este último também identificado, no presente relato, embora por razões que ainda não estão muito claras, por Ngola Kiluanje. Segundo as suas próprias palavras, o António é branco e angolano ou é angolano, embora branco, duas sentenças que ele considera equivalentes, mas que, pensando bem, talvez não o sejam. Tem trinta anos e, depois de cerca de quinze anos fora de Angola, período durante o qual cresceu e se fez homem, decidiu regressar à sua terra. Mas uma frase que julga ter ouvido no discurso que acaba de ser proferido pelo seu pai começa a ribombar no seu cérebro: — *"Eles não nos aceitam, filho!... Eles não nos aceitam!..."*

*

Volto a confessar: esse discurso abalou-me. Mas foi a Jussara, precisamente, que me ajudou a superar as dúvidas que o mesmo suscitou na minha cabeça e a ractificar a minha decisão de regressar. Não posso, por isso, deixar de me sentir triste por não poder levá-la comigo. A vida tem dessas contradições, ou melhor, desses desencontros, mas como é que eu posso levá-la comigo se ainda não sei onde vou ficar, nem sei onde vou trabalhar? Além disso, o país continua em guerra (parece que em breve será assinado um acordo de paz, mas nunca se sabe...), o dia-a-dia das pessoas está cheio de dificuldades... Seria uma mudança de vida muito radical para ela!... Bom, e para mim também vai ser, mas comigo é diferente: desde que eu saí da minha terra que o meu coração me avisou que, mais cedo ou mais tarde, eu iria voltar! O meu pai que me desculpe o acesso de sentimentalismo, mas talvez o mundo esteja como está por ser dirigido pela razão e não pelo coração... É que, no fundo, a fronteira entre a razão e a desrazão ou a anti-razão é perigosamente ténue...

Eu conheci a Jussara na faculdade. O que aconteceu entre nós já aconteceu a tantos homens e mulheres, desde que a humanidade é humanidade, que não é preciso entrar aqui em detalhes. O que interessa dizer é que ela estava ligada ao Movimento Negro Brasileiro e dirigia um comité na universidade que defendia uma maior aproximação do Brasil com os países africanos. Quando eu lhe disse que era angolano, e tal como já referi, ela espantou-se e soltou uma exclamação que talvez não valesse a pena repetir, por ser de todos sabida, não fossem as necessidades de redundância que, por vezes, o discurso impõe: — *"Mas você não é preto!..."* Eu ri-me, claro, o que é sempre um bom recurso para desdramatizar as situações (para tal, o riso tem de ser condescendente, mas respeitoso, evitando terminantemente ser debochado). A verdade é que o estranhamento manifestado pela Jussara pelo facto de eu ser angolano, embora branco, foi o acaso que não só fez cruzar os nossos caminhos — escuso de dizer que um estranhamento desses só poderia ser esclarecido na cama... —, mas também me ajudou, como já o disse, a levar adiante a minha decisão de regressar a Angola.

É que, como penso ser fácil de imaginar, não era só uma questão de cama. Assim, descobrimos rapidamente que tínhamos uma série de afinidades, que, quase sem nos darmos conta, mas com crescente paixão, fomos alimentando mediante um natural e bastante subtil processo de troca de informações e de experiências, ideias, projectos, raivas, desilusões e, principalmente, desejos, expectativas e sonhos. O amor deve ser isso, creio... Mesmo quando os amantes decidem separar-se, como no nosso caso, em virtude de outros chamamentos da vida...

É incrível — penso agora — a coragem com que a Jussara encarou a minha decisão de regressar a Angola, o que implicava, como já disse, o fim da nossa ligação! Ainda me recordo — por uma dessas associações de ideias que, realmente, não têm explicação aparente — do dia em que ela se aproximou de mim na cama, toda dengosa, e me disse: — *"Antônio* (assim mesmo, com o acento brasileiro, e não António), *eu sempre quis conhecer um angolano, sabe? As minhas raízes estão em Angola, pois minha bisavó é de lá... Mas nunca imaginei que haveria de namorar um angolano branco!... A partir de hoje, eu vou trocar seu nome, pois um angolano de verdade não pode ser Antônio... Seu nome, agora, é Ngola Kiluanje!..."* Eu só lhe tinha falado uma vez nesse valoroso rei angolano, mas jamais pensei que ela se voltaria a recordar dele. De todo o modo, não pude deixar de me sentir satisfeito, no meu íntimo, com aquela comparação, apesar de tão absurda!...

No dia em que lhe disse que tinha resolvido voltar para Angola, a Jussara, sem hesitações, retorquiu: — *"Vá!, Antônio, vá! Cada um deve lutar onde o seu coração estiver..."*, após o que se voltou para o lado, sem mais uma palavra. Mas quando lhe revelei, dias depois, a conversa que tinha tido com o meu pai, ela contou-me que, tempos atrás, conhecera um escritor angolano branco que tinha vindo ao Rio participar num simpósio sobre literatura africana em língua portuguesa e que, quando questionado por um militante do Movimento Negro sobre o facto de Angola ter enviado um branco para essa reunião, teve uma resposta de que ela jamais se esqueceu: — *"Meus senhores, se pensam que eu vou pedir desculpas por ser branco, estão muito enganados!..."*

Sentindo-se instigada por essa resposta, a Jussara aproximou-se do referido escritor e teve com ele longos papos, sobre Angola, o Brasil, as contradições raciais existentes em ambos os países e no mundo em geral, os preconceitos, os estereótipos e, principalmente, sobre esse profundo e terrível paradoxo, próprio do ser humano, que faz com que os antigos humilhados sejam, assim que o podem, irremediavelmente tentados a humilhar todos aqueles que identificam, acertadamente ou não, como os seus velhos opressores. *"Todas as generalizações são fascistas!"*, dizia ele. Sonhava esse escritor que os oprimidos (todos eles, os negros, os pobres, as mulheres...) seriam capazes, um dia, de criar realmente um novo projecto civilizacional, de plena igualdade e liberdade, e não apenas de mudar a cor ou o sinal da opressão. Teorizava ele:

— *"A verdade é que, até agora, os oprimidos apenas têm macaqueado os opressores! Por exemplo, nós, africanos, estamos muito revoltados e inquietos por causa das tendências xenófobas que se registam agora na Europa, mas o que acontece é que repetimos essas mesmas tendências nos nossos próprios países, pois somos incapazes de propor ao mundo uma nova civilização, mais humana..."*

A Jussara não precisava de me dizer mais nada. Eu entendi tudo, até mesmo o que estava expresso no chamado infratexto.

\*

Diz Jussara:

— *Venha cá, nego! Na próxima semana você vai me deixar, talvez para sempre... Temos de aproveitar o que o oceano Atlântico traçou para nós!...*

António Manuel da Silva, perdão, Ngola Kiluanje levantou-se, soberano, com aquela reconfortante e vitoriosa sensação de se ter feito o que era necessário fazer, empunhou a lança que lhe fora legada pelos seus ancestrais e cravou-a, exultante, naquele chão vermelho e generoso, como a terra do Úcua, do Huambo e de Luanda, decidindo intimamente que, mal chegasse à pátria, iria procurar o escritor amigo da Jussara, para lhe dar um abraço.

# Shakespeare ataca de novo

Os leitores terão, provavelmente, a incómoda sensação de já ter lido a presente estória alhures. Mas, antes que se ponham a anatemizar o autor ou, então, a lançar ovos e tomates podres contra ele, afianço-vos que tudo farei para tornar inopinado o relato que ora começa, se é que uma trama que se repete desde os primórdios da humanidade ainda poderá surpreender alguém... Entretanto, e pensando bem, eu é que me estou a sentir incomodado, pois acho que já utilizei este recurso em qualquer parte, mas, o que querem?, o meu baú de truques não é tão sortido assim...

Não pensem que, e tal como o fez Jô Soares (isso lá é nome de escritor?) com um famoso detective, que, aliás, era patrício do bardo inglês, que vou colocar o grande William Shakespeare neste cenário a sul do Equador, habitado por homens e mulheres que não constam do mapa da literatura universal e, ainda por cima, infestado por mosquitos, endemias e guerras sem fim — se bem que de guerras e outros conflitos entendesse ele muito bem... —, tentando seduzir alguma donzela ou promovendo sentimentos humaníssimos (literalmente), tais como o amor, o ciúme, a inveja ou a traição.

De igual modo, e ao contrário da *démarche* daquele brasileiro abusado — que transformou Sherlock Holmes no inventor da caipirinha —, não parece plausível responsabilizar alguém habituado a frequentar a refinada e sabida corte britânica pela criação do caporroto — esse destilado doméstico fabricado pelos angolanos a partir da mandioca, do arroz, do milho, do amido de trigo, do massango, da massambala e outros grãos, com base na velha experiência humana segundo a qual quem não tem cão caça com gato... Afinal de contas, Holmes estava, digamos assim, treinado, por uma questão profissional, a misturar-se com a plebe e até mesmo com a chamada ralé...

A estória que quero contar é bastante simples e, de certo modo, comprova a falta de imaginação da humanidade, pelo menos em matéria de preconceitos. Embora os angolanos, de um modo geral, façam gala da sua suposta originalidade, o que reflecte um certo provincianismo, a mesma nada tem a ver exclusivamente com as nossas tradições, mas com as tradições de todos os povos, sem excepção.

Aliás, o que é uma tradição senão a forma, seja ela uma prática, um rito ou um tabu, de que se reveste uma determinada situação social? Na verdade, as tradições dos diversos povos só podem ser comparadas se devidamente contextualizadas, em função do estágio de desenvolvimento de cada um deles, assim como do tipo de sociedade então existente. Se virmos bem, as nossas tradições actuais correspondem, independentemente do seu aspecto exterior (isso é do domínio do folclore), ao estágio de desenvolvimento e a certas situações sociais que outros povos já viveram. Por outro lado, e analisada a questão de maneira global, é por isso que as tradições, ao contrário do que a maioria pensa, não são estáticas, mas estão sempre a ser renovadas (a própria revalorização das tradições constitui uma renovação, pois trata-se de utilizá-las em novos cenários...).

Bem, antes que comecem efectivamente a atirar-me ovos e tomates, vou masé, e como se costuma dizer, directamente ao ponto. Esta estória trata de um amor socialmente condenado. É claro que a sociedade a que o advérbio se refere não é constituída (antecipe-se já: felizmente!) por todo o nosso povo. Esse é outro problema dos angolanos, o qual, segundo estou convencido, está na base de muitas das suas makas históricas: a transformação da opinião de meia dúzia de pessoas (quantas vezes se trata apenas da opinião do vizinho do lado!) na pretensa opinião geral do povo. De qualquer forma, e apesar do amor de Luvualu Francisco Helena e de Inês Faria (assim se chamam os dois amantes) ser condenado apenas por um segmento bastante limitado da nossa sociedade (os respectivos familiares), vale a pena contar esta estória, pois a mesma pode ter — passe a imodéstia, que tratarei imediatamente de ressalvar — uma certa função pedagógica, como mandam as nossas tradições.

Para quem não conhece os angolanos, posso dizer que o interesse desta estória tem, desde logo, duas razões bastante concretas. A primeira é que os familiares de Luvualu Francisco Helena e Inês Faria não são tão escassos assim. Em África e, por conseguinte, em Angola, ainda predomina o chamado princípio da família extensa, que abrange não apenas os familiares directos, mas todos os indirectos, os remotos e até os amigos há mais de cinco anos (parece que, na Europa, todos estes foram substituídos por cachorros, gatos e outros bichos, os quais têm a grande vantagem, em princípio, de não se meterem onde não são chamados, mas, em contrapartida, têm uma quantidade enorme de desvantagens...). A segunda razão é que o motivo da condenação, pelos respectivos familiares, do amor que unia Luvualu e Inês resultava das diferenças étnico-culturais ou, para usar uma palavra mais brutal, embora cientificamente imprecisa, tribais, que existiam entre eles. Revelo isso sem qualquer espécie de pudor, apesar de angolano, pois, providencialmente — se é que posso utilizar este advérbio... —, depois da Jugoslávia, os europeus deixaram de ter lições a dar-nos, em matéria de "tribalismos"...

Com efeito, Luvualu Francisco Helena era bakongo (como o denuncia não só o "Luvualu", mas sobretudo a colocação do primeiro nome da mãe no final do seu) e Inês Faria, uma mulata de Camaxilo, na Lunda Norte, nascida do, digamos assim, casamento informal (ou *amigaço*, como se dizia antigamente) de um boer (pouca gente sabe, mas, em tempos que já lá vão, os boers andaram pelas Lundas) com uma filha da terra, quer dizer, uma mulher do grupo tchokué. O resultado dessa ligação — que só espanta quem não conhece a natureza humana em todos seus complexos e ambivalentes meandros — foi autenticamente espectacular: Inês era uma mulher belíssima, de um moreno a tender para o caramelo, mas não muito carregado, tinha uns olhos inusitados, que ora pareciam castanhos, ora esverdeados, fruto de todas as misturas que nela se tinham encontrado, e o cabelo farto, nem liso, nem muito duro (o rosto, a maneira de rir e o porte altivo, entretanto, eram claramente da mãe). É, pois, fácil de compreender por que razão Luvualu se apaixonou por ela à primeira vista, arranjando, assim, a maior maka da sua vida.

Os dois conheceram-se no Lubango, no sul do país, para onde foram frequentar a faculdade, depois de terem terminado o ensino médio, respectivamente, no Uíge e em Saurimo. O Lubango é uma cidade peculiar. Além do clima ameno, dos eternos jardins e do amplo horizonte que dela se vislumbra (dada a sua altitude, toda a cidade é uma espécie de vasto promontório), dando-nos uma reconfortante sensação de liberdade, possui outra particularidade que não pode ser esquecida quando a evocamos: o variado mosaico humano da região, conferindo a esta última uma dimensão toda especial.

Originariamente, a região era habitada pelos chamados mumuílas, pertencentes ao grupo nhaneca-humbi. No século XIX, fixaram-se ali os primeiros brancos, na sua maioria originários da Madeira, em Portugal, aos quais é de acrescentar os boers (a presença destes na região é mais natural, diga-se, do que a passagem de alguns deles pelas Lundas, no nordeste de Angola, pois a Huíla, província cuja capital é precisamente o Lubango, é próxima da Namíbia). Hoje, por exemplo, há brancos na cidade do Lubango e em toda a região que estão tão integrados que mal falam o português, mas, ao invés, dominam perfeitamente a língua local, o nhaneca. Entretanto, já no século XX, assistiu-se a um movimento migratório de ovimbundus, idos principalmente do Huambo, e, como resultado disso, a administração é praticamente dominada por funcionários originários desse grupo étnico-cultural. Finalmente, nos últimos anos, e tendo-se transformado numa cidade estudantil, o Lubango começou a acolher jovens vindos de outras regiões do país, inclusive da capital.

A minha tese é que, não só devido às suas características físicas, mas sobretudo humanas, o Lubango é aquilo a que se pode chamar uma cidade aberta. Se a especulação não for demasiado forçada, isso explica, talvez, por que motivo Luvualu e Inês foram capazes de cometer a insensatez que cometeram, apaixonando-se um pelo outro. Pensando bem, esses erros de avaliação são cometidos todos os dias pelos homens e as mulheres (e até, como agora começa a ser abertamente reconhecido, por indivíduos do mesmo sexo), nos mais diferentes lugares do nosso planeta, mas todo o mundo sabe, desde que Shakespeare contou o frustrado romance de Romeu e Julieta, que normalmente isso acaba em tragédia e em sangue. O amor, no entanto, e tal como dizem os povos nas suas variegadas línguas, semelhantes ou irreconciliavelmente distantes, é cego.

Assim, e como era de esperar, a família de Luvualu Francisco Helena (se a priorizei, isso não se deve, posso assegurá-lo, a nenhuma manifestação de má vontade, até porque a reacção da outra família, daqui a pouco, será idêntica) ficou terrivelmente desapontada, quando soube do namoro dele com Inês Faria. Para falar com mais propriedade, sentiu-se mesmo profundamente atraiçoada. Seria cansativo descrever aqui todas as suas reacções ou, mais enfadonho ainda, as reacções de cada membro da referida família, pelo que proponho aos leitores um exercício bastante simples: fechar os olhos e, antes de prosseguir a leitura, imaginar mentalmente essas reacções, segundo as perversões de cada um.

Devo revelar, apenas, que o mais possesso era o tio Siona, o qual, aliás, não era bem tio, mas tão-somente um daqueles amigos que, de tanto frequentar a casa da família, já se tinha tornado parente. Como em tudo na vida, parece que nesses casos a necessidade de afirmação é maior, chegando mesmo a ser violenta e feroz. O tio Siona não escapava, pois, a essa regra. *"Uma mulata da Lunda?!"*, espantava-se ele, furibundo. *"Mas na Lunda não há mulatos!..."* Como se vê, ele era radical, no sentido absolutamente exacto e preciso da palavra. Será que, ao proclamar a inexistência de um dos elementos do problema, ele pretendia, no fundo, anulá-lo automaticamente? Se assim for, isso prova que a psicanálise tem os seus buracos, pois a verdade é que, e tal como na Lunda há muito tempo que há mulatos, a Inês existia realmente, era de carne e osso — e era, digamos assim, pelo fantástico conjunto dessa carne e desses ossos, além de outros atributos de menor apelo comercial, que o Luvualu estava doentiamente apaixonado. *"Oh, miúdo, não vale a pena trazer essa mulata aqui em casa da tua mãe, ouviste!?"*, concluía o tio Siona, portanto, por uma questão de precaução.

A reacção da família de Inês Faria, repito, foi idêntica, mas, naturalmente, a argumentação utilizada, aparentemente diferente. Há um detalhe que tenho que mencionar, neste ponto, para que se possa conhecer melhor essa família. Sucede que a Inês era a única filha da mãe dela com o já referido boer, cujo nome desconheço. Quando este último desapareceu, a mãe da Inês casou-se com um malanjino, também preto, o senhor Faria, que há muito tempo vivia na Lunda e com o qual teve mais três filhos, todos homens. O apelido de Inês é desse senhor Faria. Mas o mais importante, talvez, é revelar que, em casa, a única mulata era a Inês.

Considero esse ponto importante para contextualizar devidamente a reacção da família de Inês Faria e, sobretudo, para desvalorizar desde já o preconceito epidérmico manifestado pelo tio Siona. É verdade que muitos dos mulatos angolanos, principalmente os nascidos no litoral (área que tem contactos com a civilização europeia desde o século XV), são tentados a reduzir o conceito de angolanidade à sua própria realidade de indivíduos destribalizados, fruto de misturas óbvias, relutando em reconhecer, assim, que pode haver outros homens e mulheres que se identifiquem, ao mesmo tempo, como membros de um grupo mais restrito e também como angolanos. Mas essa não é uma especificidade exclusiva desses mulatos, pois os pretos que nasceram e viveram nessa área e que passaram por uma experiência similar possuem a mesma ideologia. Como os primeiros, também estes são fruto de misturas, embora menos óbvias ou, mais adequadamente, menos visíveis a olho nu, o que é um indicador de que o conhecido axioma de São Tomé não é assim tão rigoroso.

Conforme já se percebeu, a família de Inês Faria é do interior, pelo que, em princípio, deveria possuir, de acordo com as exigências de alguns, uma certa consciência étnico-cultural. A verdade é que é difícil, em Angola, exigir uma clara consciência étnico-cultural aos angolanos há muito inseridos no processo de urbanização, como era o caso da referida família. A rigor, a autêntica consciência étnico-cultural talvez só possa ser encontrada no mundo rural. É por isso que, pessoalmente, desconfio muito daqueles que, nas cidades, se arvoram em grandes defensores da cultura tradicional como única base (digo bem: única) da identidade, pois essa cultura, que tem um substracto étnico, perde-o ou pelo menos transforma-o necessariamente, quando em contacto com as demais culturas presentes no mundo urbano. Seja como for, eu não quero makas com ninguém. Limito-me a registar, assim, que a reacção da família de Inês Faria não teve nada a ver com o facto de ela ser mulata.

O discurso do irmão que vinha logo a seguir à Inês, por exemplo, é muito interessante, pelo menos para os estudiosos das makas dos angolanos. Dizia ele: — *"Esses kikongos são fundamentalistas! E arrogantes!... Têm a mania que são todos descendentes do Rei do Congo... Aliás, até parece que se esquecem que o rei deles foi o primeiro a fazer um acordo com os portugueses e que, depois de se converter ao catolicismo, até de nome mudou!...Passou a chamar-se D. Afonso... Aliás, e por falar em nomes, tu sabes, mana Inês, que o nome do teu namorado, Luvualu, é a corruptela do nome português Álvaro?... Outra coisa: porquê que eles não vão para a tropa, como nós? Os tipos ou são candongueiros ou contabilistas... Só sabem fazer isso, mais nada! Além disso, são muito traiçoeiros: batem-te nas costas de dia e, de noite, reúnem a tribo, em encontros onde só falam lingala... Já nem kikongo falam!... É melhor tirares da tua cabeça essa ideia de te casares com um kikongo..."*

O resto já não interessa, pois é o mesmo de sempre, nestas circunstâncias. Entretanto, parece apropriado observar que a cabeça do irmão de Inês está cheia de confusões. Essas confusões são naturais, pois, antes da independência, os angolanos originários do norte do país — designados kikongos, na época, mas que o actual rigor antropológico manda chamar bakongos, pois kikongo é o idioma — não se diferenciavam muito dos demais angolanos. Tinham algumas características físicas próprias (por exemplo, eram mais escuros, o que, em si mesmo, não tem a menor importância, sendo aqui mencionado apenas para realçar algumas transformações epidérmicas registadas mais tarde entre alguns integrantes dessa comunidade), mas toda a gente sabia claramente que se tratava de angolanos. Mesmo em termos linguísticos, falavam apenas português e kikongo, a sua língua local. Depois da independência, porém, começaram a chegar ao país enormes vagas de indivíduos provenientes do Congo e do então Zaire, mas eram tão diferentes que muita gente começou a questionar se muitos deles eram mesmo angolanos.

Em primeiro lugar, muitos deles eram de um preto claro, meio esbranquiçado. Isso devia-se ao uso, vulgarizado pelo menos no Zaire, de um creme destinado a clarear a pele, o que constituía uma tremenda ironia, se nos lembrarmos da política de autenticidade defendida pelo regime mobutista. O outro problema era a língua, pois a maioria não se sabia expressar em português, mas também não recorria ao kikongo: comunicava-se em francês e sobretudo em lingala, uma língua desconhecida até então pelos angolanos (parece que se trata de um crioulo criado no Zaire). Finalmente, o que chocou dolorosamente os angolanos que nunca tinham sido obrigados a sair do país eram os novos hábitos trazidos por esses indivíduos, como o comércio de rua, que logo se espalhou por todas as cidades, o acentuado espírito gregário — que permitia, por exemplo, que um apartamento de dois quartos fosse habitado por uma vintena de pessoas — e a insuportável mania de abrir demasiado o volume do rádio, sem esquecer alguns trajes e penteados (não me refiro aos obviamente africanos, mas àqueles que resultavam, grotescamente, de uma mistura caótica de linhas, cortes, traços e cores de diversas origens, formando, tal como também já o disse algures, uma verdadeira estética neobarroca). Tudo isso arrepiou a chamada pequena burguesia urbana, mas não só.

Como é comum, a maioria das pessoas apegava-se ferrenhamente a esses sinais exteriores, a fim de formular as suas opiniões, não se dando ao trabalho, portanto, de tentar conhecer as causas dessas diferenças e comportamentos. Ora, e tal como é sabido, o preconceito e a rejeição são filhos do desconhecimento e da ignorância. Sendo certo, igualmente, que muitas vezes o preconceito e a rejeição começam por se expressar por intermédio de rótulos e epítetos, todos aqueles que tinham regressado provenientes dos países situados na fronteira norte passaram a ser pejorativamente designados de *regressados* e *zairenses* (títulos aos quais, mais recentemente, foram acrescentados outros, como *langa-langas* e *zaikôs*; há até uma banda musical, por acaso formada por jovens bakongos, na sua maioria, que compôs um agitado sungura ironizando essa tendência, o que demonstra que a autocomiseração pode ser altamente criativa...). O irmão de Inês, que se chamava Vítor Faria (é bom revelar já o seu nome, antes que o confundam comigo...), costumava dizer, por exemplo:

— *"Eles não são nada kikongos, são lingalas! Como é que se dizem angolanos?!..."*

Esta discussão é realmente muito complexa. Sem pretender cansá-los, acrescento apenas algumas contribuições que me foram transmitidas um dia por um historiador e antropólogo amigo meu. Ele contou-me, por exemplo, que os angolanos que viviam no Zaire eram profundamente discriminados pelos naturais da terra. Segundo acrescentou, as famílias angolanas, pelo menos as que pertenciam a determinados grupos sociais, tinham o cuidado de ensinar o português aos seus filhos e de, em casa, falar apenas nessa língua. Quanto aos hábitos trazidos pelos recém-chegados, era preciso distinguir, evidentemente, a classe a que pertenciam as pessoas que os promoviam, pois nem toda a gente dessa comunidade tinha os mesmos hábitos. De igual modo, era preciso levar em conta que no país não existiam condições para recebê-las em massa, como foi feito. Foi esse amigo que me explicou, ainda, que o facto de muitos angolanos de origem bakongo se recusarem a executar determinados trabalhos tem uma motivação histórica: é que os bakongos, além de sempre terem sido artesãos e comerciantes, possuem também, em virtude da forte tradição do Reino do Congo, um vincado espírito aristocrático. Talvez por isso, concluía o meu amigo, os bakongos são, dentre os angolanos, um dos grupos mais fechados e, normalmente, só se casam entre eles.

Se me for permitido emitir mais uma opinião pessoal, eu acho que o problema não é tão grave assim. A verdade é que eu conheço muitas dessas pessoas regressadas do Congo e do Zaire, onde estavam exiladas, e, ao contrário do Vítor Faria, não tenho naturalmente a mínima dúvida de que se trata de angolanos. Alguns deles, inclusive, que, quando chegaram, não sabiam praticamente uma palavra de português, hoje, além de dominarem com perfeição essa língua — alguns deles tornaram-se até extraordinários poetas! —, estão perfeitamente integrados neste vasto mosaico que é o nosso país. Por outro lado, conheço também vários angolanos de origem bakongo que se casaram, por exemplo, com kimbundus e ovimbundus (embora, vendo bem, sejam sobretudo bakongos que nunca viveram nem no Congo, nem no Zaire). Seja como for, e embora haja outros angolanos dessa mesma origem que defendem teses fundamentalistas, trata-se apenas, a meu ver, de uma estratégia para a ocupação de espaços, problema que, entretanto, não cabe a mim, simples narrador, resolver.

Quer a família de Luvualu Francisco Helena, quer a de Inês Faria estavam completamente alheias a estas inquietações intelectuais que, possivelmente, e para utilizar uma expressão brutal, já encheram o saco dos leitores (eu disse *"alheias"* apenas para não dizer *"desinteressadas"*). Se com elas fui deliberadamente armadilhando o texto, fi-lo — juro mesmo, sangue de Cristo, cocó de cabrito! — com um único e inocente propósito: retardar até onde podia o desenlace do vilipendiado amor de Luvualu e Inês, que, desde Shakespeare, já é de todos conhecido.

A vida, porém, não apenas suplanta a literatura, como muitas vezes lhe aplica umas fintas estonteantes, tipo Garrincha, "A Alegria do Povo", ou o nosso Dinis, "Brinca N'Areia". O que é facto é que Luvualu e Inês, contra todas as previsões, decidiram pura e simplesmente borrifar-se para as respectivas famílias (reparo agora que esse verbo parece bastante adequado para essas situações, na medida em que desmoraliza totalmente os visados, ou seja, os atingidos pelos expressivos salpicos do desprezo; quem é que gosta de ser borrifado?).

Como tudo na vida tem uma explicação (segundo crê, pelo menos, a humana soberba), a verdade é que ambos eram jovens, tinham adquirido alguns conhecimentos modernos, viajado (não só para o exterior, mas também dentro de Angola, o que é mais decisivo do que muitos incautos imaginam), conhecido outras pessoas e outras culturas e, portanto, não estavam para aturar *"as ideias retrógradas"* (a expressão é deles) dos seus familiares. Assim, e para encurtar o relato, casaram-se e foram muito felizes.

Acreditem se quiserem.

# O cortejo

*Ao Pepetela*

A carruagem que estava parada à porta da igreja da Sagrada Família, em Luanda (estando a Igreja Católica instalada — e bem instalada! — por todo o planeta, desconfio que o mesmo nome poderá ser encontrado em outros templos dessa confissão espalhados pelo mundo), causou, mal chegou ao local, puxada por dois belos cavalos orientados a chicote por um condutor de casaca e calças pretas, chapéu alto também preto e luvas brancas, uma natural admiração e agitação que se tornou impossível conter. Rapidamente, os transeuntes começaram a afrouxar o passo e a aproximar-se lentamente, movidos por uma insuportável curiosidade, daquele inesperado veículo, até que uma imensa mole humana se formou à volta do mesmo. Não darei novidade nenhuma se acrescentar que as crianças eram as mais nervosas, empurrando-se, pulando, batendo palmas e berrando, como o fazem, por exemplo, quando é restabelecida a energia na cidade, depois de mais um dos seus cortes diários (esta é uma informação exacta, objectiva e isenta e não uma invenção do ficcionista), aos gritos de *"Luz!"*, *"Luz!"*, *"Luz!"*. Nesse caso, gritavam *"Cavalo!"*, *"Cavalo!"*, *"Cavalo!"*.

Tratava-se de um casamento. Casamentos acontecem a toda a hora e em todo o mundo, qualquer que seja a sua forma, com ou sem cerimonial e mesmo que muitos deles estejam destinados a ter uma duração efémera, com ou sem atribulações pelo meio. Penso, a propósito disto, que talvez fosse interessante alguém organizar uma estatística sobre, por exemplo, o número de casamentos por minuto em todo o mundo, assim como há gente que vive (ou se entretenha com isso) de levantar esse tipo de cifras a respeito da natalidade ou da mortalidade, das doenças, dos homicídios, dos suicídios e até dos divórcios. Será que a inexistência de estatísticas globais e abrangentes (as reportagens jornalísticas sobre o número de casamentos no dia do conhecido casamenteiro Santo António ou no dia 13 de Maio, dedicado à Virgem Maria, não contam, por se tratar, evidentemente, de meros *faits divers*) sobre o número de casamentos significará que o próprio ser humano não acredita nas virtualidades desse acto que, contudo, é tão reiterado?

Seja como for, e como certamente os leitores já desconfiam, este não é apenas mais um casamento. Desde logo, a carruagem que conduziu os noivos até à igreja e que depois os levará para o local da boda — não sem antes tomar parte, em lugar de honra, num cortejo que, de acordo com o desejo expresso dos pais dos nubentes, deverá ficar para sempre nos chamados anais da cidade — é o primeiro sinal visível (eu diria mesmo "excessivamente visível", para não recorrer imediatamente ao adjectivo *obsceno* que, do ponto de vista etimológico, significa virtualmente a mesma coisa, mas que poderá ser entendido como um insulto) de que o casamento em questão é diferente da esmagadora maioria dos casamentos realizados nesta velha cidade de Luanda. É que, e como é fácil de perceber, uma carruagem não é propriamente um veículo comum numa cidade moderna como Luanda, apesar de desconhecida, por exemplo, nas principais bolsas turísticas.

É verdade que a nossa cidade, de acordo com outras estatísticas, que não aquelas a que me referi anteriormente, é das cidades do mundo que, relativamente (em função do total de população existente), importa mais carros durante o ano, de todas as marcas, modelos, cores e estados de conservação, coexistindo nessa matéria (como em outras) um luxo quase asiático, mas provinciano, e a mais deprimente degradação. No entanto, nem os novos ricos locais, nem os esforçados cidadãos obrigados a calcorrear a cidade a butes, por falta de transportes públicos, importam massivamente carruagens, talvez porque esse tipo de veículos não tem vidros fumados (portanto, não servem para transportar passageiros ou passageiras, digamos assim, ilícitos ou ilícitas...), nem podem ser transformados em meios de transporte informal, para, e tal como diz um amigo meu (ou será invenção minha? Se o for, peço desculpas...), "arredondar o salário"...

Entretanto, é mister dizer que a carruagem parada em frente à igreja da Sagrada Família, em Luanda, não será o único elemento de prova do carácter inusitado do casamento de Rui Carlos Caposso e Leonilde Ferreira da Silva, nomes que têm de ser mencionados por ser de bom tom, obviamente, identificar dois noivos que, não pertencendo a nenhuma corte, seja ela herdeira de algum reino tradicional angolano ou africano ou tenha ela ligações com a sobrevivente nobreza ocidental (afinal de contas, Angola é um país orgulhosamente republicano e, quanto aos reinos tradicionais, estão, feliz ou infelizmente, mortos e mal enterrados...), são magnificamente transportados em veículo tão aristocrático. Outros acontecimentos — dramáticos e surpreendentes, para não dizer delirantes — que irão envolver o solene acto a que me estou a reportar contribuirão inesquecivelmente para inscrevê-lo, como é desejo dos pais dos noivos, nos anais da sociedade luandense (se é que se pode chamar "sociedade" à cada vez mais diferenciada e confusa amálgama de gente que está a ocupar a cidade, fazendo inflá-la grotescamente). Acrescente-se apenas, por enquanto, que, uma vez ocorridos, como está previsto, esses acontecimentos, os pais de Rui Carlos Caposso e Leonilde Ferreira da Silva irão arrepender-se até à morte por terem tido, soberbamente, esse desejo, o qual, na verdade, se tornou um terrível pesadelo.

Não se pense que se tratou de um desses dramas comezinhos que, vez ou outra, servem para animar as cerimónias de casamento, em todo o mundo, tais como, só para dar dois exemplos típicos, deserção, à última hora, do noivo ou da noiva (envolvendo ou não aspectos rocambolescos, como sequestros ou fugas de motorizada de último modelo) ou surgimento de algum (ou alguma) amante atraiçoado (ou atraiçoada) ou qualquer outra espécie de ressentido (ou ressentida) invocando, perante o padre ou o conservador e para gáudio contido da plateia, qualquer impedimento para a consumação do acto em curso. Com todo o respeito, reputo de comezinhos esses acontecimentos porque, pelo menos em Angola, a sua ocorrência não impede normalmente os convidados de, enquanto a eventual vítima dá azo ao seu desespero e anuncia ao mundo a sua irrevogável decisão de morrer ali mesmo fulminado por um raio, se dirigirem, entre manifestações de pesar, lamentos, gargalhadas e fofocas, ao chamado copo d'água, do qual só saem com as mesas vazias e o estômago e o espírito satisfeitos.

O que se passou no casamento de Rui Carlos Caposso, filho da D. Mariquinhas Caposso e do senhor Pedro Ndongala Caposso, e de Leonilde Ferreira da Silva, filha da D. Ester Ferreira da Silva e do senhor Júlio Ferreira da Silva, só mesmo visto, pois contado ninguém acredita. Sucede que, enquanto, no interior da igreja da Sagrada Família, a cerimónia de casamento decorria, como se costuma dizer, às mil maravilhas, tal como os pais dos noivos tinham sonhado e planeado, cá fora, um facto extraordinário estava a passar-se: os dois belos cavalos elegantemente atrelados à carruagem dos noivos começaram a falar entre si e a maquinar um plano diabólico. É claro que o numeroso grupo de curiosos que rodeava a carruagem, admirando-a de todos os ângulos e em todos os detalhes, estava demasiado entretido para prestar atenção ao diálogo dos dois animais, mas, por estranho que pareça, foi depois de se terem apercebido que, no fundo daqueles olhos espantados apreciando, entre murmúrios e exclamações, o estranho veículo, existia uma profunda tristeza, para não dizer uma raiva adormecida e surda, que os referidos cavalos tomaram a sua decisão.

Cabe revelar, em particular, que, dentre a multidão embasbacada perante a carruagem estacionada defronte da igreja, as crianças eram aquelas que mais faziam os dois animais sentir um dorido aperto no coração. Isso nada teria de extraordinário, pois toda a gente sabe da cumplicidade existente entre crianças e bichos de todas as qualidades, não fora o facto de serem aquelas crianças especiais: sujas, rotas e descalças, umas com as suas caixas de graxa às costas ou mil e um artigos nas mãos, que tentavam a todo o custo vender a quem passava, outras simplesmente de mãos vazias, eram, vamos dizê-lo, a imagem nítida do futuro de Angola, caso os homens não se decidam a dar-lhes a mão. Nos tempos que correm, há milhares de crianças nesse estado deambulando pelas ruas de todas as cidades do país. A presença daquelas crianças saltando e gritando à volta da carruagem, realmente, impressionou a parelha de cavalos, que não cessava de observá-las minuciosamente, até porque — já ia olvidando este pequeno, mas importante detalhe — as mesmas estavam menos interessadas no veículo em questão e mais, justamente, nos dois animais, como se deduz dos gritos de genuína alegria — já atrás mencionados, mas que a seguir se repetem — com que os saudavam, reforçando assim a natural cumplicidade entre eles: *"Cavalo!", Cavalo!", "Cavalo!"*.

Outro factor contribuiu decisivamente para a resolução tomada pelos dois cavalos que, dentro de alguns minutos, teriam a missão de conduzir aquela inusitada carruagem, luxuosamente decorada (quase me esquecia, também, deste detalhe, mas, pensando bem, nem era preciso dizê-lo...), pelas ruas de Luanda, num cortejo idealizado até ao pormenor pelos pais dos noivos. É que eles conheciam estes últimos de ginjeira, como sói dizer-se. Isso permitia-lhes proceder a determinadas comparações, sobretudo com aquilo o que os seus olhos viam pelas ruas da cidade e que, acreditem ou não, fazia o coração deles sangrar. Ora, toda a gente sabe que, quando os animais adquirem essa capacidade de comparar estatutos e situações, isso condu-los necessariamente a um estado de indignação tal, que, numa centelha, o mesmo se pode transformar numa autêntica revolução, de consequências imprevisíveis, como gostam de sublinhar certos políticos (o que, ou seja, essa mutação do sentimento de indignação em rebelião violenta, também acontece com os povos).

Para simples informação dos leitores, tentarei a seguir resumir o que sabiam os dois animais acerca das distintas famílias Caposso e Ferreira da Silva. Desde já antecipo, para tranquilidade geral da nação, que me limitarei a uma descrição absolutamente profissional e neutra dos factos seleccionados, sem poluí-los com eventuais juízos de valor. Comecemos pela família Caposso. O senhor Pedro Ndongala Caposso, natural do Uíge, 42 anos, tinha-se formado em economia em Luanda e, depois, fora fazer o mestrado numa universidade em Bruxelas. Quando regressou, conseguiu um óptimo emprego como director financeiro de uma multinacional. A mulher dele, D. Mariquinhas Caposso, de 37 anos, tinha uma butique de roupas africanas e, por causa disso, viajava regularmente para Bruxelas — onde, aliás, o casal possuía um apartamento numa área privilegiada da cidade —, a fim de adquiri-las. Não questiono, evidentemente, o facto de ela ter de se deslocar a uma capital europeia em busca de mercadorias africanas (e muito menos o detalhe do apartamento), pois já prometi ser estritamente descritivo.

Quanto aos Ferreira da Silva, o senhor Júlio, natural do Namibe, 45 anos, tinha sido ministro, até à primeira metade dos anos 90, e agora era um próspero homem de negócios. Tinha uma dessas empresas tipo guarda-chuva (isto é só uma imagem, não é nenhuma apreciação...), cujo objecto social abarca um impressionante caleidoscópio de actividades: import-export, pescas, agro-pecuária, comércio geral, a grosso e a retalho, turismo, hotelaria, publicidade e marketing. A D. Ester, que tinha apenas 29 anos, não trabalhava, pois era acometida, frequentemente, de uma série de chiliques inexplicáveis e depressivos, que exigiam constantes viagens a Londres e a Paris, para renovar o seu guarda-roupa pessoal, o que era muito mais eficaz do que todos os ansiolíticos conhecidos. Na verdade, o senhor Júlio tinha-se casado com ela em segundas núpcias, pelo que, por conseguinte, ela não era a mãe de Leonilde da Silva Ferreira, que tinha somente menos cinco anos do que ela. O casal, diga-se finalmente, era um pouco mais abastado do que a família Caposso e, além de uma mansão em Cascais, tinha também casas na África do Sul e nos Estados Unidos.

Ao contrário do narrador, que, segundo dizem alguns, deve manter a frieza diante das mais indignas situações, os dois cavalos achavam que o estilo de vida dessas duas famílias de novos ricos angolanos (isto continua a ser uma mera constatação e não uma classificação e, muito menos, um xingamento) era profundamente ignóbil e, por isso, dispensavam-lhes, no seu íntimo, um desprezo absoluto e definitivo. De facto, a família Caposso e a família Ferreira da Silva eram apenas dois exemplos de uma casta (palavra que, eu sei, tem ressonâncias altamente desagradáveis, mas que os dois animais são forçados a usar, para descrever correctamente o fenómeno) que se começou a formar em Angola a partir de meados dos anos 80, primeiro discretamente, mas logo às escâncaras, de indivíduos que, misteriosamente, ostentavam um nível de vida que contrastava, de modo flagrante, com o da esmagadora maioria da população. Não parece necessário detalhar os indícios que comprovavam (e continuam a comprovar, pois o processo tem-se demonstrado, digamos assim, de um inegável dinamismo), a olho nu, essa miraculosa mutação, mas talvez valha a pena observar, *en passant*, que os espécimes dessa nova casta se foram tornando crescentemente exibicionistas e arrogantes.

O que mais chocava os dois animais, cujo raciocínio tenho vindo a descrever, é que, e tal como já foi informado, eram duas famílias relativamente jovens, mas que se comportavam muito pior do que os velhos dirigentes, que em 1975 tinham saído das matas, compreensivelmente eufóricos, deslumbrados, arrogantes e assustados (pois, geralmente, estavam mal preparados), para tomar conta de um país que, na verdade, tinham deixado de conhecer. Os erros e os excessos cometidos por essa geração não eram nada, se comparados com a voracidade dessa casta de jovens educados, treinados e capacitados que, contudo, se foram transformando (não todos, claro) numa elite política, económica e social mais discriminatória e insensível do que a anterior. Como já se disse, mas não é de mais repetir, estas ideias estavam a ser trocadas entre si pelos dois cavalos, sem ninguém se dar conta desse facto extraordinário, o qual, se virmos bem, só podia fazer prever acontecimentos terríveis.

Eis, então, como tais acontecimentos se desenrolaram. O cortejo a efectuar pela carruagem dos noivos, na companhia dos veículos dos demais convidados, deveria, de acordo com a decisão dos pais de Rui Carlos Caposso e de Leonilde Ferreira da Silva — ele, um recém-formado em geologia e petróleos numa universidade dos Estados Unidos, e ela, finalista do curso de administração de empresas, também nos Estados Unidos, onde ambos se conheceram —, deveria passar pelas ruas e avenidas da área mais nobre da cidade (expressão que, naturalmente, terá de ser contextualizada pelos leitores). Assim, deveria começar por se dirigir ao feérico local conhecido como O Chafariz da Maboque (nome da empresa que o tinha construído), que era uma pequena rotunda com um elegante repuxo, onde era obrigatório todos os recém-casados pararem para tirar as chamadas fotografias para a posteridade (alguns deles ficavam lá até perto da meia-noite, deixando os convidados que se tinham apressado a ir para o copo d'água a morrer de fome...). Em seguida, deveria contornar essa rotunda e seguir pela Avenida Ho-Chi-Min — diante daquilo, o velho revolucionário, se fosse vivo, certamente desejaria nunca ter chegado a nascer... —, descer pela Avenida Revolução de Outubro (tudo nomes derrotados pela história, como se vê!), até ao Largo da Maianga, subindo depois pela rua lateral ao hospital Maria Pia, a fim de dobrar à esquerda e apanhar a moderna avenida que passa defronte do Mausoléu de Neto — não convém esquecer totalmente o Fundador da Nação... —, para continuar pela marginal da Praia do Bispo até à famosa Ilha de Luanda, em cuja ponta seria feita nova paragem, para que os noivos pudessem ser fotografados em cima das românticas pedras junto ao mar. No regresso, o cortejo, depois de sair da Ilha, percorreria toda a Avenida Marginal, passaria em frente ao hotel Meridien, contornaria o largo do porto, voltaria pela mesma avenida e depois subiria pelo Eixo Viário, encaminhando-se para o Bairro Miramar, onde estão as principais embaixadas estrangeiras e onde existe um requintado complexo hoteleiro, escolhido para acolher os mil e quinhentos (nem mais, nem menos, segundo acertaram os pais dos noivos!) convidados para a boda.

Acontece, porém, que esse percurso tão minuciosamente delineado foi completamente transfigurado, para não dizer subvertido, pelos dois cavalos que puxavam a carruagem. Mal o cortejo se pôs em andamento, os dois animais, após uma maliciosa e mútua piscadela de olhos, embicaram a toda a velocidade para o muceque Catambor, para desesperado espanto do condutor de casaca, chapéu e calças pretas, sem esquecer as luvas brancas, e para leve (por enquanto) sobressalto dos noivos. Depois, cada vez mais indomáveis e indiferentes às

143

chicotadas que recebiam do condutor, inflectiram para o Prenda, subiram em direcção ao aeroporto e foram para a esquerda, com destino ao Cassequel do Buraco. Entraram pelo Bairro Popular e apanharam a Rua dos Congoleses, embrenharam-se pelo interior do Rangel e foram desembocar na Precol. Seguiram pelo Hoji-iá-Henda, Sambizanga, Petrangol, Tunga Ngo e chegaram ao Kikolo. Nessa altura, e além dos noivos já estarem completamente aterrorizados, o próprio cortejo já se tinha praticamente desfeito, pois a maioria dos convidados apercebeu-se de que algo de muito estranho estava a acontecer, preferindo, por isso, dispersar, tendo restado apenas os carros dos pais dos noivos, mais dois ou três familiares de cada um e alguns carros da polícia de intervenção rápida, chamados às pressas pelo senhor Júlio Ferreira da Silva, que, felizmente, nunca largava o celular e, além disso, como ex-ministro, tinha amigos influentes. Mas os dois cavalos, realmente, pareciam possuídos pelo demónio. Conseguindo escapar à perseguição da polícia, cortaram o Cazenga duma ponta à outra, apanharam a Estrada de Catete e dirigiram-se resolutamente para o Palanca, onde, segundo tinham planeado em segredo, deveria terminar o cortejo de casamento de Rui Carlos Caposso e Leonilde Ferreira da Silva.

Para os recém-casados, aquela viagem estava a ser um trilhão de vezes pior do que a descida de Dante ao inferno. Pela primeira vez, tinham contacto com um lado da cidade que nunca haviam imaginado. Durante o fantástico percurso que a descontrolada carruagem estava a fazer, conduzida pelos dois cavalos indignados e furiosos, cruzaram com as piores imagens de degradação e miséria que é possível conceber, às quais os homens e mulheres só se adaptam devido à incrível capacidade de sofrimento e aviltamento do ser humano. Moradias a cair aos pedaços, águas podres alagando as ruas esburacadas, autênticas montanhas de lixo espalhadas por todos os lugares, restos de tudo o que antes fora algum equipamento eventualmente prestável, como carcaças de carros velhos, ferragens, contentores abandonados, chapas de zinco, madeiras ou pneus, alimentos apodrecidos, dejectos orgânicos de todo o tipo, asquerosos animais, como ratos, porcos, bandos de moscas ululantes, cães esquálidos e galinhas infelizes — toda essa triste realidade lhes entrava pelos poros da pele e pelo cada vez mais temeroso coração como um autêntico pesadelo. Quanto às pessoas, especadas à porta de casa, esperando não se sabe o quê, andando sem rumo pelos becos, ruas e vielas ou amontoadas em mercados com nomes provocatórios, como Roque Santeiro, Praça da Chapada, Beato Salú, Ajuda Marido ou Tira Biquíni, lutando ferozmente pela sobrevivência, olharam de repente para aquela coisa puxada por dois cavalos que abusivamente invadira o seu território e, sem precisarem de ordens de ninguém, puseram-se a apedrejá-la e a verberá-la em todas as línguas conhecidas e desconhecidas. Mas o pior ainda estava para vir.

Quando a carruagem chegou ao Palanca, estranhamente, foi recebida com vivas e aplausos. Um aglomerado de gente cada vez maior foi-se formando à volta do veículo, mas deixando espontaneamente um corredor aberto, para não lhe interromper o caminho. Uma criança chegou mesmo a subir para o estrado do condutor bizarramente aparamentado e naquela altura já completamente inanimado, após a viagem pelo lado mais escuro e terrível da cidade, empurrou-o com um dos pés, depois de lhe ter tirado o chapéu alto e colocado na própria cabeça, para fora da carruagem e foi dirigindo os animais para o seu destino. De acordo com a decisão tomada algumas horas antes pelos dois cavalos em questão, Rui Carlos Caposso e Leonilde Ferreira da Silva seriam entregues à guarda do Papá Xitoko, para serem devidamente tratados, conforme os usos e costumes da terra. Para quem não o conhece, o Papá Xitoko — que na sua vida real tem outros nomes — é um curandeiro, também chamado terapeuta tradicional, que, além de se dedicar ao negócio da venda de cerveja e outras mercadorias úteis, trata com métodos criativos casos de alienação em geral. Uma das suas terapias mais conhecidas, saudada pela imprensa como uma inovação revolucionária, consiste em amarrar pesadas esferas de ferro nos tornozelos dos pacientes, obrigando-os a viver ao relento e a realizarem praticamente todas as suas chamadas funções vitais num amplo terreiro, juntamente com alguns outros animais desprovidos de razão, pelo menos os que, após milénios de confrontos, já foram domesticados pelo homem.

# O feto

É verdade mesmo, esse feto que está aí no chão esvaindo-se totalmente no meio do lixo era meu mesmo sim senhor, pra quê que vou mentir então, não preciso, eu não queria esse canuco, seria mais um só pra me atrasar a minha vida, além disso quem é mesmo o pai dele, não sei, eu sou puta, fodo com todo o mundo, brancos, pretos, mulatos, filipinos também, a minha mãe mesmo é que me mandou na rua mas não vale a pena lhe condenarem só à toa, aqui mesmo no nosso contexto quem é que pode atirar pedradas nas costas dos outros, ela já não aguentava mais, desde que chegámos do mato vida dela é só levar porrada do meu pai, o meu pai não trabalha, de manhã fica só a olhar lá muito longe, o coração dele ninguém que sabe onde está, de tarde vai na praça chupar caporroto, de noite todos os dias porrada na minha mãe, os meus dois irmãos desapareceram na guerra, na escola não me aceitaram, porque onde está o certificado, porque como é que vamos provar que você estava mesmo na quarta, porque é melhor ir no Ministério, porque, porque, porque, eu disse puta que pariu esses porques, o que é que vou fazer, é melhor mesmo voltar na nossa casa no mato, mas como se a nossa casa no mato não tem mais, desapareceu como os meus irmãos, só tivemos mesmo tempo de carregar algumas imbambas, fugimos, cada um foi pro seu lado, tipo bichos, mas a minha mãe nunca que me deixou, o meu pai lhe encontrámos mais à frente, olhámos pra trás e vimos o fogo a subir, a subir, a subir, andámos à toa até que demos encontro na patrulha, nos receberam bem, mas às vezes penso era melhor se nos tivéssemos perdido, morrido, desaparecido como os meus irmãos, como a nossa casa que lhe queimaram na guerra, desaparecer é pior do que morrer mas é melhor mesmo que estar a sofrer como estamos a sofrer agora, o meu pai toda a hora chuchado, a minha mãe leva porrada todos os dias, eu fui na escola mas não me aceitaram, me disseram porque, a minha mãe chegou um dia perto de mim, me abraçou, me pôs no colo, juro mesmo, me pôs no colo, desde que chegámos do mato ela nunca mais que me tinha posto no colo dela, parece a caminhada lhe tinha mudado, envelheceu, ficou embora triste, cansada, todos dias esperava só a hora da porrada, mas naquele dia me pôs outra vez no colo, me falou, filha é melhor você começar arrumar tua vida, de noite começa ir na cidade, arranja uns homens, traz algum dinheiro pra gente comer, é melhor, filha, é melhor, eu tinha treze anos, quase não tinha chuchas, os homens gostaram de mim, brancos, pretos, mulatos, tudo, primeiro fiquei na Ilha mas não gostei, tenho medo do mar, fui na Baixa, não gostei, tem muita luz, depois no Trópico, também não gostei, tem muita confusão, por último me fixei mesmo perto do Largo da Maianga, gostei, lá não tem muitas putas, é mais calmo, alguns homens ficam menos envergonhados pois ali ninguém lhes vê, tem muitos carros parados, tem árvores, parece assim eles estão à espera da mulher ou da namorada ou de algum amigo mas nada, estão mesmo à procura de putas, a gente aproxima-se e entra só, dizemos fofo não queres um broche, vamos então dar uma volta, eu faço tudo, eles arrancam, brancos, pretos, mulatos, filipinos, coreanos nunca vi mas dizem que também há, até chineses, os homens não são homens são bichos, as minhas chuchas são piquininas mas eles gostam mesmo assim, apalpam, esfregam, chupam, eu sinto dor mas não digo nada, tenho de começar a arrumar a minha vida, a minha mãe é que me disse mesmo mas não vale a pena lhe falarem mal, ela todos dias leva porrada do meu pai, não tem culpa, eu também não tenho culpa, ninguém tem culpa, todos têm culpa, os piores são os homens que gostavam das minhas chuchas embora que elas mal se vissem, eu tinha treze anos quando entrei nesta vida, sentia dor, sentia medo, mas eles diziam ai que chuchinhas, ai que chuchinhas, não tinham vergonha nem nada, brancos, pretos, mulatos, eu só queria correr, fugir outra vez, ir no colo da minha mãe, voltar na nossa casa no mato, mas a minha mãe me disse traz algum dinheiro pra gente comer, o meu pai não trabalha, os meus irmãos desapareceram na guerra, desde que chegámos do mato estamos totalmente abandonados, não conhecemos ninguém, olhamos à toda a volta este lugar e não reconhecemos as árvores, as casas, as sombras, eu tinha de aguentar, eu continuo a aguentar, há dois anos que estou nas ruas, já fodi com muitos homens, a primeira vez doeu pra caralho, eu ainda era virgem, sangrei bué, quando vi o sangue a escorrer das minhas pernas comecei a chorar, pulei da cama e fui-me esconder na casa de banho com uma enorme vontade de morrer, ou então de matar a minha mãe, acabar com o sofrimento dela e também com o meu, deixar o meu pai afogar-se completamente no caporroto, ser comido lentamente pela saudade da nossa casa do mato, o velho que me tinha acabado de descabaçar, um italiano que estava cá a serviço de uma organização que auxiliava as crianças abandonadas, olhos sombrios e bigode cínico, barriga ligeiramente avantajada e mãos cheias de pêlos, pôs-se a rir como um porco enquanto dizia mama mia, mama mia, afinal és virgem, minina, afinal és virgem, ah Dio mio, Dio mio, grazie, há muito tempo que eu queria comer uma virgenzinha negrinha, grazie, Dio mio, cabrão, ou melhor, cabrões, ele e o deus dele, tudo aquilo me assustava, a pontada que eu sentia dentro de mim, o sangue, o riso obsceno do italiano que me tirou o cabaço, nesse dia não voltei pra casa, dormi com uma amiga também puta como eu, na manhã seguinte quando cheguei em casa a minha mãe recebeu-me na porta e deu-me um abraço silencioso e forte, depois disse filha tem aí um bocado de chá com pão, eu preferi ir dormir, fiquei três dias em casa sem ir na cidade, não queria mais ser puta, alguns dizem que somos comerciantes do sexo, onde é que foram buscar essa expressão tão ridícula e injusta, sabem lá o que é ser puta, pelo menos em Angola, nos outros países parece que há putas que são chamadas putas finas, há dias um brasileiro perguntou-me se eu também gostava de ser puta, segundo ele a presidente do sindicato de putas do Rio de Janeiro deu uma entrevista em que disse que gosta de ser puta, eu perguntei o que é um sindicato de putas mas ele não me explicou bem, só queria foder, como é que vou compreender que pode haver putas finas e até mesmo, como é que se diz, sindicalizadas, se eu vim do mato há pouco tempo, fugida da guerra, se na verdade sou puta porque a minha mãe me mandou, pois estamos completamente sós e passamos fome quase todos os dias, o que eu não admito é que me chamem comerciante do sexo, se eu estou nesta vida é porque preciso, só eu sei o meu sofrimento, é por isso que apesar de não querer mais ser puta tive de voltar à cidade à procura de homens pra foder em troca de algum dinheiro, pois no terceiro dia depois que eu fui descabaçada a minha mãe entrou no meu quarto e disse filha já não temos mais nada pra comer, no dia seguinte eu voltei a sair e nunca mais larguei as ruas, praticamente não tenho descanso, os homens não são homens são bichos, se eu contar o que tenho passado ninguém acredita, alguns gostam de me morder as mamas, apesar de pequenas, outros só gostam de broche, outros ainda preferem enrabar-me, mas há uns que só conversam, tiram fotografias, filmam, eu ainda só tenho quinze anos, deixo fazer tudo, também o que querem que eu faça se a minha casa do mato lhe incendiaram na guerra, o fogo destruiu tudo, a memória do meu pai, a coragem da minha mãe, os meus sonhos e o meu destino, é por isso que eu deixo os homens me fazerem tudo, pois todos os dias tenho de levar algum dinheiro pra casa pra comer, agora já não sinto dor quando tenho de foder, mas também não sinto prazer, não sinto nada, aliás, absolutamente nada, apenas um grande vazio, algumas amigas dizem-me pra fingir que estou a gozar, pois assim os homens tornam-se mais fáceis de endrominar, mas eu não consigo, penso na minha mãe, penso no meu pai, penso nos meus irmãos que desapareceram na guerra, o meu mal então parece que é pensar, nos dias em que todos esses pensamentos me atormentam o coração eu tenho alguns sonhos estranhos, os espíritos tomam conta totalmente da minha cabeça, então eu tenho vontade de me vingar de todos os homens que me fazem mal, brancos, pretos e mulatos, de lhes arrancar as pilas e pô-las na própria boca deles, de queimar o seu dinheiro, de denunciá-los às suas esposas, noivas e namoradas, essas putas fingidas que desconhecem o lado obscuro e tenebroso dos seus companheiros, ou mesmo aos seus filhos, se eles não forem mbacos, mas a verdade é que esses sonhos são mais delírios do que sonhos, desde que tive de abandonar às pressas a minha casa do mato nunca mais que pude ter sonhos, por isso jamais me vinguei dos homens que me têm feito sofrer, a não ser ontem, quando joguei esse feto que está aí no lixo para ser comido pelos ratos, baratas e cães, pra quê mentir então se eu não preciso disso, eu sou puta, a minha mãe é que me escolheu esse destino pois não podia morrer à fome, já lhe basta levar porrada todos os dias do meu pai, como puta fodo com todos os homens desde que me paguem, se alguns deles não me pagarem só me resta mandar-lhes mentalmente para a puta que lhes pariu e rogar-lhes pragas terríveis, mas que nunca se chegam a concretizar, portanto, esse filho mesmo não sei como é que apareceu, deve ser inveja de alguém porque eu e a minha mãe ainda não morremos de fome, quanto ao meu pai quero que ele também seja comido pelos ratos, baratas e cães, eu nunca gostei que me fodessem com camisinha, é a mesma coisa que comer um rebuçado com papel, eu já disse que não gosto lá muito de foder, isso pra mim é uma obrigação, mas já que tenho de ser puta que seja uma puta de verdade, mas sempre tive cuidado, quando acabo de foder vou logo fazer xixi e depois lavo-me muito bem pra não apanhar doenças, o que na verdade é o de menos pois há muito tempo que eu quero morrer, ou então uma barriga, por isso esse filho só pode ser mesmo alguma praga que me rogaram ou algum trabalho que me fizeram, um filho sem pai ou com buerêrê de pais não é um filho, é uma desgraça, o que é que queriam que eu fizesse, se não fosse a minha mãe eu estava completamente fodida, quando eu lhe disse mãe me embarrigaram então, ela primeiro quis me bater, xingou-me, puxou-me pelos cabelos, bateu com a cabeça dela na parede, atirou-se para o chão e começou a xinguilar, mas depois que serenou disse assim filha tens de tirar essa barriga, eu perguntei onde está o dinheiro, ela respondeu pede no autor da criança, mas eu não precisei de explicar nada para ela compreender que eu não sabia quem era o filho da puta, isso era impossível, ela disse simplesmente tá bem eu sei como é que vou fazer mas você não podes ter esse ndengue, filha, eu não sei onde é que ela arranjou o cumbu, até hoje não sei porque há perguntas que os filhos não devem fazer aos pais, só sei é que ontem a minha mãe me levou num posto médico onde me fizeram uma raspagem a sangue frio, eu ia morrendo, não sei mesmo porquê que não morri, porra, berrei desalmadamente como as cabras que o meu pai desventrava lá no mato antes de virmos na cidade, o feto é esse mesmo sim senhor, lhe joguei no lixo ontem mesmo de noite, não queria que me vissem, quem é que descobriu, o que é que a rádio e a televisão estão a fazer aqui se a morte de um feto não é notícia, sobretudo tratando-se de um feto angolano, pois como está a vida em Angola é melhor morrer dentro da placenta do que sobreviver e ter de sofrer como eu e a minha mãe estamos a sofrer, pergunta, que pergunta, eu não respondo a perguntas nenhumas, não explico nada, está em directo, o que é isso, o que estamos a dizer aqui está a ser ouvido na rádio, a minha voz está a ser ouvida na rádio, ah, então quer dizer que posso aproveitar e desabafar tudo aquilo o que ensombra o meu coração, dizer embora algumas verdades, ah não, então o que é que vieram fazer aqui, mãe tira esses madiês pra fora daqui, eu já disse que não explico nada, o feto era meu, sim, e só eu podia decidir o que fazer com ele, mais ninguém, nem a rádio, nem a televisão, nem estes padres que acabam de chegar, Deus é que quer que eu seja puta, ouviram, que eu ande por aí a foder com todos os homens, brancos, pretos e mulatos, pois não posso deixar a minha mãe morrer de fome, como é que vocês não compreendem isso se estão toda a hora a dizer que Deus escreve direito por linhas tortas, um feto é um ser humano, quem disse, estão chuchados logo de manhã ou quê, vão rezar por mim, obrigado mas deviam ter feito isso quando alguém me praguejou pra que esse feto aparecesse na minha barriga, felizmente já resolvi o problema, agora o feto está aí no lixo a ser filmado pela televisão, o meu feto vai ser famoso, será que vão-me dar algum por isso, era bom, talvez eu pudesse finalmente deixar de ser uma comerciante do sexo, faria a minha mãe sorrir outra vez, construiria uma nova casa no mato para o meu pai, mandaria todos estes jornalistas e padres para a raiz mais profunda da puta que lhes pariu, assim como estes pulas, mas quem são eles, representantes de quê, ONG's, o que é isso, come-se, mas quem é lhes chamou aqui, esses pulas não mudam mesmo, pensam que ainda continuam a mandar, ajuda, ora, ora, ajuda de quê, querem masé nos impor os seus hábitos e costumes, as suas fórmulas, os seus padrões, tunda, tunda, tunda, toda a gente tem o direito a deliberar sobre o seu próprio corpo, ah é, mas o que significa isso, é preciso educar a população para utilizar métodos de planeamento familiar científicos, porra, não falem chinês, a minha decisão de me ver livre do meu feto não tem nada a ver com isso, que aliás eu não sei o que é, mas simplesmente ao facto de eu ser puta e não poder interromper o meu trabalho para aturar uma criança, só espero que a polícia não tenha vindo me prender, como sempre chegou tarde mas chegou, talvez uma gasosa resolva o problema, tanta gente aqui, mãe, o bairro todo está aqui, o que é que estão a dizer esses zongolas, por que que a rádio e a televisão estão a conversar com eles, o que é fazem aqui estes padres e estes brancos das ONG's, a polícia veio me prender, mãe, a polícia veio me prender, eu não quero ser cangada, não deixes, mãe, eu só quero paz, quero sentar-me no teu colo e adormecer como antigamente quando estávamos no mato antes da guerra chegar, quero sossego e tranquilidade, quero regressar de novo para o interior da tua placenta, mãe.

# Abel e Caim

Esta estória só poderia ter este título. Ainda tentei encontrar-lhe alguma outra designação, mais original, mas ela recusou-se terminantemente. Como se sabe, a Bíblia é uma obra-prima da ficção universal e, por conseguinte, é perfeitamente natural que autores de todas as épocas e lugares, surgidos depois da aparição desse livro no mercado, caiam na herética tentação de, irresponsavelmente, imitar os seus apócrifos autores, dando a esse ignóbil procedimento designações pomposas, mas profundamente hipócritas, tais como intertextualidade e outras do mesmo tipo.

Hipocrisia por hipocrisia, esclareço, no entanto, que o meu plano é recusar-me até ao fim a identificar qual das duas personagens principais desta estória deverá atender pelo santo (alegadamente) nome de Abel e qual delas deverá ser inapelavelmente execrada com o ignominioso rótulo de Caim. Oxalá, portanto, consiga eu resistir aos terríveis encantos da simplificação e do maniqueísmo, não deixando jamais de ter presente, como diz o outro, quem quer que ele seja, que entre o preto e o branco, afinal, existem várias tonalidades de cinzento.

Penso, talvez ingenuamente, que pode ser difícil, mas não é impossível manter a cabeça fria no meio da versão local desse ancestral conflito entre Abel e Caim relatado pelo texto bíblico. Isso implicará, é certo, alguns exercícios inusitados, tais como, aqui ou ali, inverter ou pelo menos confundir os papéis de um e outro, mas a verdade é que, por um lado, eu conheço alguns Abéis que não são santos nenhuns e, por outro lado, até o Caim mais carrula tem, por vezes, rasgos de bom comportamento moral e cívico de que até Deus duvida.

Mas, antes que me acusem de estar a lançar poeira nos olhos da opinião pública, avanço rapidamente os nomes de baptismo das duas personagens centrais do presente relato: Miguel Ximutu e Adalberto Chicolomuenho. O primeiro, filho de pai catetense e mãe biena (tratava-se, portanto, de um mestiço de kimbundu com ovimbundu), tinha nascido na cidade do Kuíto, na época em que ela se chamava Silva Porto, detalhe que só interessa para realçar a coerência formal, digamos assim, entre a idade desta personagem (47 anos) e a designação do seu local de nascimento, uma vez que Silva Porto apenas se passou a chamar Kuíto depois da independência de Angola, há vinte e cinco anos. O segundo era filho de pai e mãe ovimbundus, originários do Huambo, mas tinha nascido na província do Namibe, também exactamente há 47 anos (parece que, de acordo com a mitologia bíblica, Abel e Caim eram gémeos, pelo que se compreende perfeitamente, penso, esta coincidência).

De igual modo se compreenderá, espero (optimisticamente de mais?), por que razão, mais uma vez, revelo sem qualquer espécie de pudor a minha preferência por personagens resultantes de encontros e cruzamentos espúrios, que se recusam a permanecer apegados aos lugares onde as suas raízes foram pela primeira vez lançadas ao chão, mas, antes pelo contrário, as espalham pela terra angolana inteira, disseminando assim o profícuo sonho de uma angolanidade aberta e dinâmica, para infelicidade geral dos que acreditam na existência de uma suposta "psicologia étnica" e numa identidade baseada no sangue e não na cultura (quem duvidar que tais abencerragens sejam reais, veja o *Jornal de Angola* do dia 29 de Janeiro de 2001, página 9, ao alto). Como católico baptizado, crismado e comungado, não só acredito na existência de Abel e Caim, mas em todas as descrições e relatos contidos na Bíblia Sagrada, verdadeiros ou não.

Assim, e para mim, aqueles que sabem, mesmo intuitivamente, que Angola não termina nos limitados horizontes que é possível avistar da sua própria buala e que, deslocando-se fisicamente ou não, são capazes de absorver todas as cores, sons, cheiros, lembranças e fluidos emanados desta terra vasta e generosa (relevai — suplico-vos — o hiperbólico tom, mas o narrador também tem o direito de se entusiasmar...) são autênticos semeadores da angolanidade, que deveriam ser exaltados todos os dias pelos cantores, escritores, jornalistas, empresários, misses e políticos, sejam eles do governo ou da oposição. Tenho a vaga suspeita, contudo, de que todos eles estão muito atarefados na luta pela sobrevivência, característica que, segundo pensamos abusivamente, define os chamados tempos que correm, mas que na realidade já definiram e hão-de definir outros tempos, que já correram ou que inevitavelmente irão correr.

Seja como for, e como todo o mundo sabe, Angola é um país incrível, sem paralelo na geografia mundial e, principalmente, onde tudo pode acontecer. Além do petróleo e dos diamantes que brotam das suas entranhas, assim como da palanca negra gigante e da *welvitchia mirabilis* que diferenciam a sua fauna e a sua flora, está em guerra exactamente há quarenta anos. Alguns historiadores (por que que, de repente, pensei em escaravelhos, quando pronunciei a palavra *historiadores?*), inclusive, costumam chamar a atenção para o facto de Angola estar em guerra praticamente desde o século XV, com excepção para um brevíssimo período entre 1920 e 1961. Com efeito, as revoltas tradicionais dos angolanos (que então ainda não eram angolanos, mas isso é outra maka...) contra os ocupantes portugueses estenderam-se até ao final da segunda década do século XX, tendo o território sido totalmente pacificado apenas por volta do ano de 1920. Mais ou menos quatro décadas depois, começou a luta armada de libertação nacional, já em bases modernas, a qual durou até 1975. Desde esse ano, o país não deixou até hoje de estar em guerra, com zairenses, sul-africanos, cubanos e mercenários de todas as origens também metidos na confusão e, sobretudo, angolanos matando angolanos, tal como na parábola bíblica que insistiu, explicitamente, em assumir o título desta estória, mas numa escala muito mais massiva e sangrenta.

Outros historiadores, talvez mais politizados ou, então, mais cínicos, tendem a minimizar ou pelo menos a relativizar esta tradição bélica (nem belicista, como diriam os nossos numerosos detractores, nem guerreira, como afirmariam os poetas-propagandistas de plantão:

*bélica* parece uma palavra feita sob medida para este caso) dos angolanos. Segundo eles, a Europa, por exemplo, esteve permanentemente em guerra durante séculos até que se conseguiu estabilizar (sem falar, por exemplo, na famosa Guerra dos Cem Anos, não se pode deixar de evocar que ainda há meio século atrás esse continente estava totalmente destruído, na sequência da Segunda Guerra Mundial). Como aceitar, pois, indagam tais historiadores, que os europeus (e os seus descendentes da América do Norte, que, na verdade, se transformaram hoje nos seus tutores) condenem tão enfaticamente os angolanos por não terem ainda conseguido resolver a sua guerra particular (não vale a pena, sequer, mencionar o facto de que os angolanos não fabricam armas, pois isso é tão óbvio que até assusta)?

A literatura, entretanto — eis, pelo menos, o que normalmente se aconselha —, não deve servir de caixa de ressonância de tortuosas (e por vezes torturadas) argumentações políticas, desenvolvidas em causa própria, nem de bem pensantes e cínicos solilóquios intelectuais. Diga-se, pois, e para recorrer à linguagem popular, que a guerra, seja ela legítima ou ilegítima, é um atraso de vida, expressão que, apesar de muito vulgarizada, talvez não reflicta devidamente o cortejo de desgraças e horrores provocado por toda e qualquer guerra, nos tempos hodiernos ou remotos. Mortos, feridos, mutilados, destruição de infra-estruturas, degradação moral, oportunismos de toda a sorte e, sobretudo, separação dos homens e mulheres em barricadas mortalmente antagónicas são alguns exemplos dessas desgraças e horrores.

Miguel Ximutu e Adalberto Chicolomuenho eram um caso típico do que acabo de dizer. Para utilizar outra expressão popular, eles eram aquilo a que se costuma chamar dois amigos do género *"unha-com-carne"*. Conheceram-se primeiro no Lubango, onde concluíram o curso de regentes agrícolas, e, depois, foram ao mesmo tempo para o Huambo, a fim de estudarem agronomia. Em ambas as cidades, compartilharam o mesmo quarto. Realizavam as tarefas escolares em conjunto e, fora das aulas, não passavam um sem o outro. Conversavam longamente a sós sobre tudo o que na época era proibido, o que, claro está, era absolutamente normal e, digamos assim, bom para a saúde mental; tinham sonhos comuns e traçavam planos para o futuro cujos protagonistas principais eram sempre eles, com ou sem figurantes, tal como se espera que a juventude tenha sonhos e faça planos para o seu próprio futuro, incluindo ou não, como no caso, o futuro do país; e chegaram mesmo a namorar a mesma moça, o que, com a idade que tinham na altura, também não era tão inopinado assim. O 25 de Abril encontrou-os no Huambo, no último ano do curso de agronomia, ambos com 22 anos de idade.

Se a sólida amizade que se foi construindo entre Miguel Ximutu e Adalberto Chicolomuenho, no fundo, e como acabámos de ver, se podia considerar absolutamente normal e comum a muito boa gente (presidentes, ministros, empresários, estrelas de cinema, bandidos, putas, heterossexuais, homossexuais, loucos e demais seres humanos), os abalos que esse sentimento aparentemente indestrutível começou a sofrer em virtude (salvo seja) dos acontecimentos ocorridos em Angola na sequência do golpe dos capitães em Portugal também não poderão ser por ninguém considerados uma coisa do outro mundo. Não preciso sequer de invocar o título do famoso livro de ensaios de Wilson para comprovar essa tese. Uma olhadela displicente à nossa volta, a fim de verificar o que se passa com os nossos amigos, parentes e conhecidos, basta para o fazer.

O que se passou é que os dois amigos, tal como há muitos milénios sucedera com Abel e Caim (ou vice-versa, tanto faz, advertência que deixo expressa para não me acusarem de me estar a colocar já numa das trincheiras, coisa que, aliás, prometi não fazer), dividiram-se partidariamente logo após a legalização dos movimentos de libertação angolanos e a entrada dos primeiros nacionalistas e revolucionários nas cidades até então ocupadas pela administração colonial. Concretamente, Adalberto Chicolomuenho, ovimbundu nascido no Namibe, aderiu com entusiasmo até então insuspeito ao MPLA, enquanto Miguel Ximutu, mestiço de kimbundu e ovimbundu, integrou-se na UNITA. Asseguro aos especialistas em, digamos assim, "etnicidade partidária" angolana — se é que há gente tão irresponsável assim!... — que eu não me enganei nas informações que acabei de fornecer, pois os factos passaram-se exactamente como eu revelei.

Em qualquer parte do mundo, como dizem os sujeitos que gostam de afirmações fortes, peremptórias e absolutas, o facto de dois amigos ou até dois membros da mesma família (no limite, o próprio marido e a própria mulher) terem opções político-partidárias diferentes (ou religiosas, ou clubistas ou quaisquer outras) não é passível de criar qualquer tipo de comoção, privada ou pública, localizada ou de âmbito nacional. Possuindo os angolanos, porém, um elevado sentido de responsabilidade, gostam de levar as coisas a sério, pelo que, quando isso acontece, criam logo as chamadas *"makas do kayaya"*, expressão retirada do calão luandense e que poderá ser traduzida por *"problemas do caralho"* (ou qualquer outra, menos desbragada, que seja da preferência dos leitores).

Assim, e embora eu não saiba quem é que tomou a decisão primeiro, a verdade é que Miguel Ximutu e Adalberto Chicolomuenho deixaram de se falar por causa das respectivas opções partidárias. Deixaram mesmo de se saudar quando, ocasionalmente, se encontravam na rua (o único local onde ainda se iam avistando de vez em quando, pois, desde que terminaram a amizade que os unia, passaram a evitar os lugares que anteriormente frequentavam em companhia um do outro). De igual modo — e comprovando a tese de um certo escritor, segundo o qual os equívocos nunca se resolvem, mas, à medida que o tempo passa, apenas se agravam cada vez mais —, passaram a trocar insultos e até ameaças de morte por meio de solícitos e agoirentos intermediários.

Quer dizer: o percurso dos dois amigos, até então comum, cindiu-se de vez. Como esta é uma simples estória, embora de ressonâncias bíblicas, não vou proceder, evidentemente, à descrição cronológica dos factos que marcaram a história angolana mais recente. Afirmarei apenas que, quer um quer outro, andaram cerca de vinte e cinco anos ao sabor, literalmente, dos referidos, embora não explicitados, factos. Por exemplo (vá lá, satisfaça-se um pouquinho da curiosidade geral!), Miguel Ximutu esteve em Marrocos, a fazer treino militar, foi representante da UNITA na Costa do Marfim, no tempo do velho Boigny, e combateu nas províncias de Malanje, Moxico e Kuando Kubango, enquanto Adalberto Chicolomuenho trabalhou nas estruturas do MPLA no Bié, depois esteve em Cuba a concluir agronomia e acabou em Cabinda, como delegado provincial da Agricultura. Durante esse longo período, não tiveram notícias um do outro, pois, como se sabe, os serviços de correio, em Angola, não funcionam.

Os anos paradoxais vividos em Angola durante a década de 90 não permitiram o reencontro de Miguel Ximutu e Adalberto Chicolomuenho. Nesse período, e salvo algumas tréguas fugazes, a guerra continuou, muito mais virulenta e destruidora do que no passado, pois, pela primeira vez, atingiu pesadamente cidades inteiras. Ao mesmo tempo, foram assinados dois acordos de paz e diversos cessar-fogos, foram formalmente instaladas as instituições democráticas exportadas para todo o planeta pelos povos vencedores, tal como, cinco séculos atrás, os marinheiros europeus levavam espelhos, missangas e outras quinquilharias para seduzir os índios de todas as cores, e, para desespero de alguns saudosistas das teorias conspiratórias, o FMI e o Banco Mundial fizeram a sua entrada em cena.

Quem quiser conhecer as cifras da destruição que vitimou o país nos últimos dez anos poderá obtê-las consultando os relatórios de qualquer uma dessas organizações europeias ou americanas que, como a figura do capataz no período da escravatura, passaram a controlar os povos atrasados, a pretexto do "direito de auxílio humanitário", do "direito de ingerência democrática" e outros direitos unilaterais. Pela minha parte, cabe-me unicamente informar por que circunstância os dois amigos não se encontraram até ao fim dos anos 90: é que Adalberto Chicolomuenho continuava em Cabinda, no norte de Angola, uma das raras regiões do país que, mau grado algumas escaramuças fronteiriças, a guerra, pelo menos em larga escala, poupou, ao passo que Miguel Ximutu permaneceu nas matas combatendo contra o governo, apesar dos já citados acordos de paz, das eleições e da tímida e contraditória (como toda a aventura humana nos seus primeiros passos) abertura democrática registada.

O reencontro de ambos acabou por ocorrer um dia qualquer, já na virada do século, mas peço encarecidamente que isso seja considerado um mero acaso, sem qualquer significado simbólico especial. Sem o saberem, tinham os dois ido ao mesmo funeral, em Luanda, o que, pensando bem, não terá sido tão ocasional assim: afinal de contas, o defunto era um antigo colega deles da faculdade de agronomia do Huambo, o Aires, um mulato do Ambrizete, muito popular na altura em que estudavam.

Quando se encontraram, talvez já estivessem cansados de mais, depois de todas as experiências por que passaram, por se terem odiado tanto (vinte e cinco anos pode ser pouco para um país, mas parece uma eternidade para qualquer indivíduo, sobretudo em Angola, onde a esperança média de vida é de 42 anos), pois o facto é que, para surpresa colectiva dos presentes, encaminharam-se um para o outro como se impulsionados de repente por uma poderosa mola e, enquanto cada um deles gritava o nome do outro, abraçaram-se energicamente, sacudiram os braços um do outro, voltaram a abraçar-se, bateram-se mútua e efusivamente nas costas, sem cessarem de se nomear, como se a enfática invocação do nome do outro tivesse o condão de apagar tudo o que tinha ocorrido entre eles no último quarto de século.

*

(O diálogo de Miguel Ximutu e Adalberto Chicolomuenho não vem na Bíblia, pelo que, naturalmente, não posso transcrever tudo o que se passou entre eles nos últimos vinte e cinco anos. Além disso, e como se sabe, a Bíblia é um dos mais acabados protótipos daquilo que um certo italiano apodou de "obra aberta"; mais do que as suas várias versões oficiais, antigas, novas e até mesmo pós-modernas, as múltiplas interpretações com que os seus exegetas nos brindam, aí estão para prová-lo... Resta-me, portanto e — confesso — muito convenientemente, sugerir aos leitores que, se acharem que tal vale a pena, resolvam com a própria cabeça como deverá acabar a estória [ou história?] de Abel e Caim [ou Caim e Abel, como decidirem].)

# Glossário

**Ambaquismo:** maneira arrevesada de falar e escrever o português. A palavra está ligada ao nome da localidade designada Ambaca, situada numa região relativamente próxima de Luanda (área kimbundu), a qual esteve desde muito cedo em contacto com os portugueses. Entre os habitantes dessa localidade que possuíam alguns estudos, normalmente de nível primário, desenvolveu-se, nomeadamente, uma tradição de requerementistas, que escreviam e falavam a língua portuguesa de uma maneira peculiar, tentando aparentar um domínio do idioma similar ao dos colonos portugueses, mas conseguindo com isso um resultado entre o ridículo e o cómico.

**Berrida:** corrida. "Dar berrida" a alguém significa pô-lo a correr, obrigá-lo a fugir.

**Buala:** aldeia.

**Bubu:** camisa africana de vestir por fora das calças, de remota origem árabe.

**Bufunfa:** dinheiro.

**Cabíri:** rafeiro. Originariamente, o termo refere-se apenas às chamadas "galinhas do mato" ou "galinhas d'Angola" (bras.).

**Caçambular:** tirar furtivamente. Roubar. De um jogo infantil que consiste em tirar das mãos dos companheiros os objectos que os mesmos estiverem a segurar.

**Cachipembe:** bebida tradicional fermentada, feita a partir de milho, muito vulgarizada no centro-sul de Angola (área ovimbundu).

**Caluanda:** natural ou habitante de Luanda.

**Cambuta:** indivíduo de baixa estatura.

**Cangada:** forma do verbo "cangar" (prender, fazer alguém prisioneiro).

**Canuco:** criança.

**Caporroto:** bebida destilada, feita a partir de grãos (milho, trigo, massambala, massango e outros).

**Carcamano:** estrangeiro, normalmente de raça branca. O termo começou por ser utilizado, depois da independência de Angola, para designar os invasores sul-africanos, pelo que tem uma conotação pejorativa.

**Carrula:** indivíduo de mau feitio.

**Chucha (ou xuxa):** seio (feminino). Eventualmente, pode também designar os mamilos masculinos.

**Cumbu:** dinheiro.

**Imbamba:** bagagem. Mercadoria.

**Khoisan:** o único grupo étnico-cultural autenticamente originário do território angolano, hoje praticamente confinado ao extremo sudeste do país, na fronteira com a Namíbia e a Zâmbia. Os *khoisan* também são conhecidos por *bosquímanes*.

**Kilunza:** pistola.

**Kinjango:** órgão sexual masculino.

**Madiê:** tipo. Indivíduo. Sujeito.

**Mangolês:** angolanos.

**Mbacos:** indivíduos (homens ou mulheres) estéreis.

**Muata:** chefe. Líder.

**Mujimbo:** notícia. Rumor. Boato.

**Muloje:** feiticeiro.

**Mututa:** merda. Porcaria.

**Muxoxar:** dar um *muxoxo* (trejeito feito com os lábios, normalmente acompanhado por um pequeno ruído produzido pelo contacto dos mesmos com os dentes, em sinal de desprezo)

**Ndengue:** criança.

**Pancar:** comer.

**Pulas:** brancos.

**Quitata:** prostituta.

**Sungura:** ritmo africano originário do centro-leste do continente.

**Tchokwé:** um dos grupos étnico-culturais angolanos, originário do nordeste do país (Lundas).

**Tunda:** expressão que significa "Para fora!", utilizada quando se quer pôr um indivíduo ou um animal para fora de um recinto.

**Xinguilar.** Entrar em transe. O verbo tem origem numa ocorrência característica das cerimónias mágico-religiosas tradicionais (o *xinguilamento*), quando os participantes, por força do ambiente criado, entram em transe. Para situações correntes, aplica-se à exteriorização demasiado espalhafatosa de estados de nervosismo comuns, devido a alguma contrariedade.

**Zongola.** Bisbilhoteiro. Metediço. Intrometido.

Este livro foi composto na tipologia Adobe
Garamond, em corpo 12,5/16, e impresso em
papel off-white 90g/m², no Sistema Cameron da
Divisão Gráfica da Distribuidora Record.

Seja um Leitor Preferencial Record
e receba informações sobre nossos lançamentos.
Escreva para
**RP Record**
**Caixa Postal 23.052**
**Rio de Janeiro, RJ – CEP 20922-970**
dando seu nome e endereço
e tenha acesso a nossas ofertas especiais.

Válido somente no Brasil.

Ou visite a nossa *home page*:
http://www.record.com.br